Mujer de poca fe

Mujer de poca fe

Albanta San Román

B

Papel certificado por el Forest Stewardship Council®

MIXTO
Papel | Apoyando la silvicultura responsable
FSC® C117695

Penguin Random House Grupo Editorial

Primera edición: septiembre de 2025

Travessera de Gràcia, 47-49. 08021 Barcelona

Printed in Spain – Impreso en España

ISBN: 978-84-666-8252-7
Depósito legal: B-11.995-2025

Compuesto en Llibresimes

Impreso en Liberdúplex
Sant Llorenç d'Hortons (Barcelona)

BS 8 2 5 2 7

A mi madre y a mi padre,
por su fe absoluta en mí.

A Iago, por ser la mía
en el mundo

1

«Odio los felpudos con mensajes positivos», pensé mientras recorría el pasillo deseando llegar por fin a casa.

Vivo en el cuarto piso de un edificio antiguo de Lavapiés, en forma de corrala. Está protegido por el ayuntamiento, por lo que no dejan tocar ni una baldosa. No tiene ascensor y, aunque quisieran ponerlo, probablemente sería imposible. Cuando Sara y Tere me enseñaron la habitación, pensé que esto era incluso una ventaja, que me obligaría a subir las escaleras y me ahorraría la cuota del gimnasio. Mi TCA hablando por mí, supongo.

Estos razonamientos apenas duraron dos semanas en mi cabeza. Hoy en día, si me doy cuenta de que me he dejado el abono al llegar al metro, pensar en tener que volver a subir esos cuatro pisos hace que tirarme a las vías suene, cuando menos, como una opción aceptable para tener en cuenta.

Pero si hay algo que me da más rabia que subir esas cuatro plantas —son seis en realidad, si contamos el entresuelo—, son los felpudos que tengo que ver mientras lo hago. Tienen algo hipnótico, los leo todos los días.

Si uno de mis vecinos fuese un asesino en serie, le descubrieran, viniera la tele a entrevistarnos y un periodista carroñero quisiera hablar conmigo, yo no diría eso de que siempre saludaba. Diría que me lo veía venir. Que siempre sospeché. Que jamás confiaría en alguien que tiene un «En esta casa soñamos bonito» impreso en el felpudo.

Mientras subo las escaleras, me doy cuenta de que tengo mis Adidas Samba llenas de mierda; es porque ha llovido y esta ciudad se encharca y se embarra cada vez que cae la del pulpo. Tanto glamour, tanto *five seasons* y tanto casi EuroVegas y el agua te llega por las rodillas si cae una tormenta de verano. Primer mundo, por mis cojones. El primer mundo no puede ser esta ciudad de asfalto en la que cada vez hay menos árboles pero más franquicias de *poke bowls.* En la que respiras más dióxido de carbono que oxígeno. En la que las piscinas municipales siempre tienen el aforo completo.

Primer mundo será para los que tienen piscina privada, supongo.

Pero no hablemos de «mundo», entonces. Primer «barrio» o primer «distrito de Arturo Soria» igual tendría más sentido.

Madrid es la ciudad en la que nací y sé que debería defenderla a capa y espada, pero una vez escuché a alguien decir que España debería ser un dónut y le compré el argumento para siempre.

Madrid, autoproclamada ciudad de la libertad por los que siempre han sido libres. Ciudad en la que los churros ya saben a cartón y te cobran treinta y cinco pavos por persona por su plato más emblemático: unas legumbres con caldo, que no son sino una variante más de los distintos pucheros que existen en toda nuestra geografía.

Madrid vive por encima de sus posibilidades. Odio esta frase que acuñaron para atacar nuestros barrios en la crisis del 2008. Madrid no se quiere nada. Madrid es la amiga que aparenta ser lo que no es, que quiere conquistar al guapo de la oficina y, al final, como siempre, el guapo solo quería follársela y volver con su familia a casa.

Es verano y esta ciudad se pone rara. El mes de agosto en Madrid es como los capítulos especiales que las series preparan cuando llega Navidad: irrelevantes para la trama. Mañana será viernes, cumpliré treinta años e imagino que lo celebraré sola pidiendo glutamato a domicilio para cenar. Hay gente que tiene habilidades, diría que hasta superpoderes, y yo también tengo uno: detecto el glutamato en los alimentos solo con probarlos. No sirve de mucho, pero me entretiene. A veces tengo que recuperar del cubo de basura el envase de un ultraprocesado para asegurarme de que contiene el aditivo 621 o el 620. Acierto siempre e incomprensiblemente me hace sentir orgullosa. Qué facilitos de conformar somos los seres humanos para algunas cosas.

Decía que mañana es mi cumpleaños y cae en viernes, y nadie quiere quedarse atrapado dentro de la M30 un viernes de agosto.

Cumplir años en verano es el sueño de toda niña que siempre ha querido pasar desapercibida.

Cuando era pequeña, celebraba en secreto que no coincidiese con el curso lectivo. Me ahorraba el tener que inventarme excusas para mis padres de por qué los niños no venían a celebrarlo conmigo al Chikipark.

No fui consciente de lo que era el bullying hasta los veinte años. Para mí nunca había sido acoso escolar. Para mí era mucho más sencillo: yo era la rara de clase y la gente no quería ser mi amiga. Y ahí se acababa todo el razonamiento. Llegué a apreciarlo como una circunstancia sobrevenida que no podía cambiar, pero que tampoco me suponía un problema grande. Llegué incluso a considerar como un gesto de afecto que algunos compañeros de colegio simplemente me ignoraran. Podían pasarse años sin dirigirme la palabra, incluso sin hablar de mí, al menos estando yo delante. Lejos de considerar eso como un desprecio, me parecía un esfuerzo loable por su parte que tenía que agradecer.

Podría decir aquello de que «gracias a ello soy quien soy», incluso podría engañarme y llegar a creérmelo si quisiera, pero esa frase es una falacia en forma de ansiolítico. Si me la creyera, la pondría en mi felpudo. Si hablamos desde la honestidad y sin tener que modificar mi discurso para que monetice en una charla TED, la realidad es que hubiera preferido leer a medias con alguien la *Superpop.*

Ahora tengo amigas. Por eso echo de menos no haberlas tenido antes. Ellas me han salvado la vida, y no estoy exagerando. Son la hostia. Son tan la hostia que ninguna se postraría rendida a esta ciudad un viernes de agosto. Vega está rodando una película *indie* que seguro que seleccionarán en la Berlinale y Eli está en Asturias pasando unos días con sus suegros. ¿Acaso alcanzar el éxito en la vida no consiste en que ir a pasar un finde con tus suegros sea un planazo de manera no irónica? Para mí, sin duda alguna, lo es.

Ninguna está aquí, pero sé que previamente las dos se coordinarán y me harán una videollamada a las 00.00 para cantarme desafinando el «Cumpleaños feliz» y para recordarme que me eche retinol, que a partir de los veinticinco dejamos de generar colágeno de manera natural.

Ellas no estuvieron en mis recreos del colegio, pero desde que las conozco me recreo en la vida con ellas. Eso es lo que más hago. Me deleito y me regocijo de verdad en cada rato que compartimos.

A veces, cuando me pongo mística, pienso que todo lo que sufrí de pequeña, lo sola que me sentí y todas las lágrimas que lloré fueron porque la vida estaba acumulando suerte suficiente para que un día ellas entraran por la puerta. Desde luego que, si tiene algo que ver, volvería a comer sola todas las tardes de primaria.

Odio los felpudos, con o sin mensajes positivos, pero cuando llego a mi puerta, con mis zapatillas llenas de barro, pienso en que igual estaría bien comprar un felpudo. Si yo tuviera una casa —una para mí sola, me refiero, y no una habitación por 430 euros en la calle de la Fe— me haría un felpudo personalizado. Creo que pondría un mensaje tipo «te veo el coño». Algo muy hortera.

Algo divertido. Un poco cuñado, incluso. Sin duda, algo que no sonara a sacado de un pódcast de autoayuda o de una taza que te regaló en un amigo invisible Conchi de Contabilidad. Pero creo que por ahora me conformaré con el más barato del Lidl porque probablemente a Tere se le olvide deliberadamente pagarme su parte.

Entro en casa, meto las Samba en la ducha para que no empapen el parqué y me dispongo a ver alguna película que tenga más de un 3,7 en Letterboxd, pero antes me pongo ropa ancha y cómoda. No puedo estar en casa con la ropa de salir a la calle. Aunque sea para un par de horas, siempre que llego al piso me pongo un chándal o un pijama. Estas son las cosas que heredas, porque mi madre hace lo mismo. Mi padre, en cambio, no.

Sara se ha ido a ver a su novio a Burgos y Tere está de vacaciones tres semanas con su madre en Torrevieja. Sonrío un poquito al darme cuenta de que puedo ver la película en el salón y no en la cama asándome con el portátil encima de las piernas. Aunque haya llovido, hace un calor desesperante. Vuelvo a pensar en lo estúpida que fui al venirme aquí. Subir cuatro pisos por las escaleras... vale, pero un piso en Madrid sin aire acondicionado, eso ya me parece falta de amor propio.

Son las 21.58. Tengo que buscar una peli que dure menos de ciento veinte minutos porque, si no, la videollamada va a interrumpir el final y, a ver, que para empezar la treintena y que me dejen a medias, casi mejor quedo con alguna cita de Tinder. Cojo el abanico que me regalaron los de la Cruz Roja por donar sangre y cuando estoy a punto de elegir la plataforma a la que entregaré mi noche, empieza a vibrar el teléfono.

Vuelvo a mirar la hora. No, no son las 00.00.

Papá llamando.

Seguro que se ha confundido y piensa que mi cumpleaños es hoy. No sería nada raro viniendo de él.

Respondo el teléfono con media ceja arqueada, dispuesta a decirle que podría apuntarse la fecha de nacimiento de su única hija.

—¿Sí? —digo con toda la carga de impertinencia que se le puede dar a un monosílabo.

—Lula, es la abuela... Ha muerto.

2

Me miro en el espejo antes de salir de casa y compruebo lo que ya sospechaba: «El negro te queda de lujo, nena».

Inmediatamente me invade un sentimiento de culpa y doy gracias a que mis pensamientos no tengan un altavoz incorporado. No hace ni cuarenta y ocho horas que ha muerto mi abuela y yo estoy pensando en cómo la *Marie Claire* tenía razón y los colores oscuros disimulan las cartucheras. Soy un ser deleznable, lo sé, pero llevo dos días llorando metida en la cama; creo que puedo permitirme un respiro, aunque sea dentro de las cuatro paredes de mi cerebro.

Salgo del portal, cruzo un par de calles hasta llegar a Argumosa y levanto el brazo para pedir un taxi. Sonrío un poco porque siempre que lo hago me acuerdo de Chaplin parodiando a Hitler en *El gran dictador*. En realidad, tengo una habilidad extraña que me lleva a asociar gestos cotidianos de la vida con escenas de películas sin que exista relación alguna. Supongo que este es mi segundo poder, después de identificar el glutamato.

«Mira, abuela, otro homenaje en tu día», pienso mientras me repito a mí misma que soy una verdadera hija de puta.

A ver, yo adoro a mi abuela. O adoraba, supongo que tendré que acostumbrarme a usar el pretérito, pero es innegable que en lo ideológico estábamos en las antípodas. «Una mujer hija de su tiempo», me repetía siempre que necesitaba justificar cómo podía distar tanto ideológicamente de la persona a la que más quería en el mundo. A menudo hablábamos de política y yo le decía que no entendía que metiera la papeleta del Partido Popular en la urna, que la conocía y no tenía dudas de que ella era, aunque todavía no lo supiera, una mujer de izquierdas. Entonces me contestaba que el politiqueo le daba igual, que los rojos mataron a su padre y que eso no podía perdonarlo, que no estaría bien. Entonces yo contraatacaba y le decía que su nieta favorita era «mú roja, mú roja, mú roja», y ella me respondía que era normal, que me había quedado colorada de ocupar tanto espacio en su corazón. Y nos reíamos. Luego le hablaba de las olas feministas y ella me decía que en su época no se vivía tan mal, que ahora todo se exagera. Y yo entonces fingía enfadarme muchísimo y me cagaba en la ley mordaza, en el ultrarretroneoliberalismo y en la monarquía; y ella me decía que Felipe le parecía muy guapo y preparado, que ojalá me echase un mozo como él. Entonces yo le respondía que, si me quería, votase por la gente que iba a luchar por un futuro mejor. Y ella me decía que podía cambiarle la papeleta del sobre, que tenía su permiso, pero sin que se enterase.

Merendábamos galletas María con mantequilla y azúcar mientras veíamos su telenovela.

Y yo nunca tocaba su papeleta.

Luego las llevábamos al colegio electoral juntas los domingos de elecciones. Y después nos íbamos a tomar el vermú.

—Al tanatorio de la M30, por favor.

—Vaya, la acompaño en el sentimiento.

Caigo entonces en la cuenta: el taxista es el primero que me da el pésame en persona por su muerte, sin que haya una pantalla de por medio. Es lo que tiene haber cerrado a cal y canto las puertas de casa desde que pasó. Ese «la acompaño en el sentimiento» así, dicho en voz alta mirándome a través del retrovisor, lo había hecho todo más real. Respiro muy fuerte para contraer el lagrimal. Este truco me lo enseñó una maquilladora esa vez que tuve que aparecer en un falso documental cutre de un compañero de Vega con el que estaba medio liada. La chica me dijo que respirase muy fuerte y con intensidad para no llorar porque no quería que le jodiera su obra de arte después de meterme el lápiz de ojos hasta el cerebro, y la verdad es que es un truco al que le doy cinco estrellas. Lo uso a menudo. Sobre todo en el trabajo.

Lo de dar el pésame me ha parecido siempre como muy antiguo, anacrónico, sobre todo cuando se utilizan expresiones tan establecidas y previsibles, como ha hecho el taxista. «Es imposible que esa frase suene sincera», pienso. Saco el móvil del bolso para distraerme. Veo entonces que tengo mensajes de mi madre. Me recuerda que no llegue tarde. Hay también uno de mi padre pidiéndome que le mande el videotutorial ese de cómo hacerse el nudo de la corbata fácil y en cinco minutos. Miro cómo el taxímetro sube a la velocidad de la luz y me doy cuenta de que no ir en transporte público, sin ser un capricho, tampoco ha sido la mejor idea: esto me va a costar tener que comer arroz blanco lo que me queda de mes.

Es una mierda que el yugo de la pobreza que atenaza a la clase trabajadora no esté dispuesto a dar una tregua, ni siquiera con el duelo.

Da lo mismo. Hacer dos transbordos y comerte cincuenta minutos de metro para ir a un tanatorio me parece el culmen de la tristeza.

Si hay algo por lo que merezca la pena el arroz blanco, es por decencia. Y este trayecto va de decencia.

El taxi para en seco y me dispongo a pagar con el efectivo que tengo en la cartera. Nunca llevo dinero en metálico, pero este me lo dieron cuando vendí en Wallapop un vibrador bajo la descripción de «nunca usado». Descripción falaz, por cierto. Pero si para ellos «solo la puntita» no vale, para mí restregarme un poquito con él tampoco.

Estoy sacando del monedero las monedillas para pagar los veintisiete céntimos y evitar la vuelta cuando se me cae una moneda de dos euros. Me agacho para recogerla y, al subir la mirada, veo como ese señor canoso y con gafas de presbicia está mirándome directamente a las tetas.

—Aquí tiene.

—Perdona, guapa. Es que es difícil concentrarse con clientes así.

Una rabia asquerosa invade mi cuerpo en ese instante. «Cómo te sacaba los ojos y te arrancaba la cabeza, por ese orden», pienso. Y es que encima le estaría haciendo un favor a su familia porque no tendrían que trasladar su cuerpo al tanatorio y se ahorrarían las tasas, que son una pasta.

Pero hoy no. Hoy elijo la paz porque no quiero llegar manchada de sangre a un día tan importante. Habría demasiadas preguntas.

Además, no sería de buen gusto opacar a mi abuela hoy, que ella era siempre el alma de todos los saraos y sé que le sentaría regulín.

Hoy elegimos la paz. Ya seré una feminista consecuente mañana.

Sonrío con ironía y cierro de un portazo. Un portazo lo suficientemente brusco para que mis actos expresen de un modo diáfano lo que mis palabras en ese momento callan.

Al llegar a la puerta del tanatorio, veo de lejos a mi tía gritando al teléfono. El hombre con el que se casó después de dejar a mi tío, que nunca recuerdo si se llama Alfonso o Alfredo, me saluda con un golpecito en el hombro y sin mediar palabra. Estoy segura de que tampoco se acuerda de mi nombre, y me parece bien. Creo que a él también le parece bien.

—Lula, hija... ¿Cómo estás? —dice mi tía tras colgar el teléfono.

—Bueno... —trato de contestar mientras me interrumpe efusiva.

—No recuerdo la muerte de papá tan complicada. Supongo que mamá se encargaría de todo:

que si ataúd de bambú, de pino o de caoba. Que si lápidas verticales, planas o Kerbed... ¡Hay que hacer tantas elecciones!

«Abuela —pienso—, qué bonito que hayas hecho coincidir tu funeral con uno de nuestros domingos de elecciones. Lástima que en el tanatorio no tengan un grifo de vermú».

Llegan mis padres y me abrazan de esa manera en la que los abrazos no son cotidianos. Mi madre me dice que me reconoce los ojitos de haberme pasado toda la noche llorando y mi padre me besa en la mejilla. Acompaña el gesto con un «te quiero» que me susurra muy bajito. Siempre me ha sorprendido la facilidad que tiene mi padre para entonar esas palabras, siendo como es un hombre de su generación.

A lo lejos veo llegar a mis primas. Otro tío mío, hermano de mi padre, se fuma un cigarro mientras mira el reloj. A las 16.00 juegan el Real Madrid y el Atleti. Es el derbi y sé perfectamente que ni su madre muerta va a hacer que se pierda al Cholo.

Mi tía les dice a mis padres que, aunque ella sabe que no querrán ir, la misa será mañana. Que ha hecho todo lo posible, pero que el cura no podía hacernos un hueco hoy. Es que es un lío eso de morirse en finde, porque los domingos no entierran y, además, es el día de mayor tránsito en la iglesia y que justo la familia de otra mujer, una con más posibles según él, había pedido la misa de hoy exclusivamente para ella.

Toda la vida yendo, «que yo soy de comunión diaria», decía, y el cura no es capaz de hacerte un huequito ni en tu último día. Entiendo entonces que, como todo, también en la iglesia hay creyentes de patio de butacas y creyentes de gallinero.

A lo lejos veo aparecer a Mila, la mejor amiga de mi abuela. Sus paseos hasta misa juntas, sus llamadas diarias y esa forma tan incondicional que tenían de estar la una para la otra siempre ha sido una inspiración para mí. Cuando era pequeña y me sentía sola, soñaba con tener una amiga como Mila de mayor.

—Cariño... Nunca pensé que este día llegaría... —me dice Mila mientras me coge de las manos.

—Lo sé, Mila... —le contesto sin saber muy

bien qué se debe de sentir cuando una amiga tan cercana desaparece. Mi abuela era una de mis mejores amigas, pero para ella era como su hermana.

—El tiempo nos pasa a todos por encima pero debemos recordarla y rendirle homenaje con la alegría que nos ha dado en vida, ¿no crees? Debemos tener fe, aunque le lloramos, ella ahora está con Dios divinamente, nunca mejor dicho.

Recuerdo entonces una de nuestras últimas conversaciones. No sé cómo surgió el tema, el caso es que nos vimos enfrascadas en una discusión acerca de la declaración de la renta y si los impuestos de todos habían de financiar la Iglesia de unos pocos... Bueno, digo discusión, pero con ella en realidad no me peleaba porque nunca había intención de arrinconar a la otra ni pretendíamos cambiar nuestra manera de pensar.

—Mi niña, que este país ha sido siempre así, y la Iglesia es un consuelo para muchos. También se financian las bibliotecas y los teatros, y ya sabes que me parece bien. Si quieres, puedes entenderlo como una expresión más de la cultura.

—A ver, abuela. Que me parece fetén. —Yo

nunca he dicho «fetén», solo cuando hablaba con ella porque sé que le gustaba creer que uso expresiones que solo ella utilizaba—. Pero me reconocerás que tampoco estaría mal que cada uno se pague sus vicios.

—¡Niña! —Frunció el ceño, pero su boca sonreía. Me gustaba muchísimo esa expresión suya, como para asegurarse que estaba pillando la ironía, que sabía que el enfado no era de verdad.

—Que sí. Que en el fondo a mí me parece hasta bien si me quitan unos pocos euros para que tú puedas ir a misa todos los días... Pero ¡es que tus curas son insaciables! Que os pasan el cepillo, que lo sé yo.

Y entonces nos reímos a carcajadas, porque las dos sabíamos que ninguna íbamos a cambiar un ápice nuestra manera de pensar.

Pienso si iré a la misa y también lo mucho que me gustaría probar la oblea esa redonda que regalan. Mis padres no son creyentes, no estoy bautizada ni comulgada. O al menos, no que sepamos. En lo más profundo de mi ser —esta es otra expresión que solo le he escuchado a mi abuela y que a veces utilizaba con ella— estoy convencida de que mi abuela, siendo yo un bebé, se conchabó con el párroco y me llevó a la iglesia del barrio una de las tardes que se quedó cuidándome; así sería como habían pergeñado mi bautizo clandestino. Es más, también puede ser que ella me hubiera bautizado en el fregadero de su casa. Una vez leí que, en caso de necesidad, toda persona puede bautizar, incluso un ateo o un miembro de otra religión, siempre que tenga intención de hacerlo y que derrame agua sobre la cabeza del candidato a la vez que recita: «Yo te bautizo en el nombre del Padre y del Hijo y del Espíritu Santo». Me parece que eso tiene algo de tramposo, de abuso. Imagino a pederastas espirituales echando agua con disimulo a los niños en el parque mientras susurran las palabras mágicas..., no sé. Espero que los mandamases de la Iglesia le den una vuelta a esto algún día porque yo personalmente lo veo regulín.

Y si estoy convencida de que me bautizó a escondidas de mis padres es porque ella me quería más que a nada en el mundo. Y porque no habría soportado que yo fuese una morita —así llamaban a los niños no bautizados— y que mi alma se pasase toda la eternidad vagando en el limbo. Una pena, con lo a gusto que se debe de estar allí. Que, por cierto, hace unos años la Iglesia decidió que lo del limbo era una trola, que no existe, y que a partir de ese momento los niños no bautizados van al cielo. Vamos, que las religiones son como el parchís: cada uno en su casa juega con sus reglas. Y si esas reglas se quedan obsoletas, pues se cambian y aquí no ha pasado nada.

Pues eso, que estoy segura porque no sería la primera vez que mi abuela trata de inculcarme la fe a espaldas de mis padres.

No soy creyente, pero lo envidio. Lo envidio de corazón. Me encantaría creer en Dios. Cuando un día merendando se lo comenté a mi abuela, sus ojos se convirtieron en luceros. Pensó que quizá veintiséis años después podría encontrar la plenitud: que su nieta favorita, tras todos sus intentos, creyese en el Señor.

Cierto es que a medida que nuestra conversación avanzaba, sus suspiros crecían y su fe —en mi fe, quiero decir— se iba esfumando.

Pero aunque esa conversación acabó con mi abuela llamándome osada, yo no mentí. Me encantaría creer en Dios. Me parece que eso facilita mucho la vida. De hecho, creo que vivir con fe es parecido a tener la estrellita brillante del *Mario Kart* de manera indefinida. Esa que te hacía inmune a todo. Lo aprendí el día que le diagnosticaron a mi abuelo cáncer de páncreas y, mientras todos llorábamos, él, desde la calma más absoluta, entonó un: «Si Dios me quiere con él, con él me iré». Lo decía tranquilo, convencido. Su falta de miedo incluso me daba miedo. Su fe era su parapeto y estaba preparado para ir a la guerra con lo puesto.

Lo aprendí también el día que mi abuela me contó que no sufrió cuando perdió a su primer bebé en el parto porque si había sucedido, fue porque Dios así lo quería. Y que tuvo la tranquilidad de que las cosas pasaban de la manera correcta siempre.

Supongo que creer es delegar. Delegar miedos y culpas. Incertidumbre. La fe, si la tienes de verdad, te da un estado mental que ni el *mindfulness* lograría. Todo pasa a ser responsabilidad de otro.

Lo bueno y lo malo. Tus manos siempre están limpias. Joder, qué manera tan tranquila de vivir.

Por eso digo que me encantaría tener fe, pero si algo he descubierto es que esta no puede fingirse. Se tiene o no se tiene. Y yo, por mucho que me esfuerce, no me sacia el dolor que «Dios así lo quiso» cuando me acuerdo de que mi ex me puso los cuernos o cuando mi jefa es una cerda conmigo y me pide cada día que me quede en el curro tres horas extras no cotizadas.

Vuelvo de mis pensamientos con la voz estridente de mi tía.

—Por cierto, estuvimos ayer en la casa de la abuela. Creo que esto es para ti, Lula —me dice mientras saca un sobre blanco del bolso. En él solo se lee en la inconfundible caligrafía cursiva y elegante de mi abuela una palabra: Lourdes.

No hay duda, es para mí.

3

Mi nombre es Lula. Así me llamaron mis padres. Así aparece en mi DNI. Por mucho que en empresas que no pagan suficientes camareros como el 100 Montaditos o el Starbucks se empeñen en llamarme Lola cuando tengo que ir a recoger un pedido y a hacer el curro por el que se ahorran un sueldo. Por mucho que, cada vez que conozco a alguien, me pregunte si viene de Lucía o de Laura y yo le diga que no, que no viene de nada, que es simplemente Lula. Por mucho que en hilos e hilos de correos electrónicos hayan puesto todos los nombres que empiezan por ele menos el mío.

Cuando mis padres le dijeron a mi abuela que

iban a llamarme Lula, casi le da una parada cardiaca. No exagero. Siempre cuentan que tuvo que sentarse en una silla y estuvo veinte minutos sin hablar, que solo daba sorbitos minúsculos de un vaso de Bitter Kas. Para mi abuela, que yo tuviera un nombre que no apareciera en el santoral era como clavarle una daga en el pecho. No concebía que mi nombre no fuese Teresa o Gloria, como mis bisabuelas. O que si mis padres querían ponerse un poco exóticos, no tuvieran siquiera la decencia de ponerme el «María» delante, como hacían con las Yolandas o las Nereas en su época.

Lula era el homólogo de Satanás en su imaginario.

Creo que esta fue la primera vez que la decepcioné, y ni siquiera había nacido aún.

Es cierto que después de esa decepción, vinieron muchas otras: cuando no me bautizaron, cuando no me hicieron los agujeros en las orejas al nacer, cuando no me llevaron a un colegio religioso, cuando no comulgué, cuando no me apunté a la JMJ, la Jornada Mundial de la Juventud... Pero de alguna manera, mi abuela siempre vio esos actos como «decisiones que tomaban por mí», por lo que el enfado jamás fue conmigo. Creo que así quería verlo ella, aunque si se cuestionaba en sus adentros sabía que mis decisiones —de haberlas podido tomar— hubieran sido exactamente las mismas. Solo que ese cristal blindado que ejercían mis padres con su educación a ella le valía de perfecto autoengaño. Así, de alguna manera, no tendría que enfadarse con la que era la niña de sus ojos por profesar el ateísmo de la manera más convencida y profunda que puede hacerse. Hoy, pasados los años, no sé si ese autoengaño era de ida y vuelta. Que si ella no me tenía en cuenta mis desfases morales, ¿cómo había yo de echarle en cara pequeños detalles en los que sus convicciones estaban por encima de mi libertad?

El amor que mi abuela me tenía sí que era algo celestial. Y recíproco, debo decir.

Siempre he creído en la reciprocidad como arma de construcción masiva. Lo correlativo es poderoso, sea en el ámbito que sea. Nada hay más explosivo que dos personas que se odian de la misma manera, al igual que nada hay más salvaje que dos humanos que encuentran una frecuencia mutua en el querer.

Me hace gracia cuando alguien dice que su «algo» es lo mejor del mundo. Seamos objetivos, tu perro Toby no es el mejor del mundo por mucho que a ti te parezca que te entiende como si fuera humano. Ni puedes afirmar que lo sea tu barrio si no has visitado todos los barrios del globo terráqueo. La lasaña de tu madre tampoco es superior porque, que yo sepa, no tiene tres estrellas Michelin. ¿Cuánto narcisismo hay que tener para pensar que lo tuyo es, sin duda y por encima de lo demás y de los demás, indiscutiblemente mejor?

Me río de esos egocéntricos narcisistas y procedo a afirmar sin titubeo que mi abuela sí era la mejor del mundo. Esto no es subjetividad. Lo era. La mujer más entrañable, tierna y buena que he conocido. Mi abuela era todos los calificativos positivos que caben en la RAE. Y si yo se lo decía, ella fingía ruborizarse y me soltaba un: «Calla, hija, que pareces sevillana». Porque mi abuela decía que si hay un pueblo que cree que lo suyo es siempre mejor, una gente nacida para la exageración y el autobombo, esos son los sevillanos. «Otra cosa es que nos lo creamos, sobre todo cuando lo dice un sevillano, un hombre, con su gomina por delante y sus caracolillos por detrás... ¿Cómo vas a fiarte de alguien que se peina así? Que no me entere yo que te echas de novio a un sevillano, hija...».

Pongo a calentar un brik de crema de verduras cuya fecha de consumo preferente es el día de la muerte de mi abuela y cojo el sobre blanco que mi tía me ha dado esta mañana en el funeral y que lleva desde que he llegado a casa esperando en la mesita del salón.

«Lourdes».

Aquella tarde que mis padres desvelaron el nombre de la primera nieta de la familia, después de los veinte minutos de sorbitos de Bitter Kas, mi abuela se incorporó y dijo solemne: «Lula es el diminutivo de Lourdes».

Nunca me llamó así. Le encantaban «Lula», «Lulita», «Luliña». De broma me replicaba con un

«María de todas las Lourdes» cuando usaba su perfume como ambientador en el baño, y le decía que tenía que dejar de usar colonias que olieran a vieja. Pero para sus adentros, pensar que «Lula» era un diminutivo del nombre de la Virgen, símbolo de la esperanza, era para ella un consuelo. Era un parche entre su deber y su querer. Entre su creencia en lo celestial y lo que amaba en lo terrenal.

Y, a decir verdad, en ese punto medio se asentaba toda nuestra relación. Creo que ella también lo sabía.

Suena el pitido del microondas. Digo yo que tanta tecnología y tanta inteligencia artificial, bien podían invertir en mejorar nuestra relación con los chismes domésticos. Que si desde antes de que yo naciera, en los bares ya había máquinas que decían: «Su tabaco, gracias», ¿cómo es posible que, por ejemplo, un microondas no sea capaz de avisarte con un «Ten cuidado, que quema»?

He dicho «chismes». Eso también es de ella. Para mi abuela nunca han existido ni los aparatos, ni los electrodomésticos, cualquier cosa que tenga enchufe y se pueda conectar a la luz es un chisme. O en su defecto, un «coso».

Emplato la crema de verduras y le echo unos picatostes tostados —que no fritos, así nos enfrentamos a la *healthy life* las precarias— y un chorrito de aceite que, como yo, ni es virgen ni es extra. Es de oliva, eso sí.

Cojo el sobre y respiro profundo. Mi cerebro es muy creativo, por no decir completamente absurdo e improductivo, en lo que a las asociaciones de ideas se refiere. Por un momento me acuerdo de esas imágenes que veía con mi abuela en la tele, las del concurso *Un, dos, tres...* en las que la presentadora abría los sobres y leía el principio del texto, para añadir un: «Hasta aquí puedo leer». ¿Cuándo dejaron de utilizarse los sobres en los programas de televisión para descubrir una pregunta o desvelar un premio? Siguen usándose tarjetones, sí, pero no tienen ni la gracia ni el misterio que esconde el acto de abrir un sobre. Llevan siglos en la historia y los que más me interesan están reflejados en el cine. Desde las películas de romanos, pasando por las medievales, hasta las distopías más futuristas. En cuanto te descuidas, ahí aparece uno. Los sobres que vuelan en las películas de Harry Potter. Aquel en el que le comunican el despido al señor Dawes en *Mary Poppins*, el que recibe Forrest Gump como agradecimiento por su valentía en la guerra... Diría que no existe drama de Shakespeare o comedia de Lope de Vega en la que en algún momento no aparezca un sobre y juegue un papel trascendental. Como elemento dramático y narrativo no tiene precio, pero en la televisión ha dejado de usarse. Volviendo al programa *Un, dos, tres...*, creo que da para una teoría de la conspiración. ¿Cómo es posible que al menos tres generaciones de españolitos se hayan visto marcadas hasta límites insospechados por un concurso de la tele? Yo creo que es un fenómeno de psicosis colectiva, de enajenación múltiple paranormal en el tiempo, yo qué sé...

Retomo el asunto del sobre. Lo sujeto entre las manos y pienso por un momento en que lo de las asociaciones de ideas tengo que hacérmelo mirar.

«Las últimas declaraciones de mi abuela», me

digo. Nunca creí que podría llegar a darle esta importancia ritual al hecho de abrir una carta. Se me pasan por la cabeza las doscientas cosas que puede haber dentro: ¿una versión alternativa del testamento en la que deja a mi primo fuera por ser un racista? Esa sería buena. ¿Un secreto familiar impactante que desmontaría mi árbol genealógico? No sé, en esta familia somos gente bastante anodina y vulgar. ¿Una confesión de que mi abuela era en realidad una espía rusa...? Suelto una pequeña y suspirada carcajada al imaginarla con gabardina y sombrero. Me concentro, inspiro y me dispongo a abrirlo de una santa vez.

Dos billetes de autobús a Toulouse.

No entiendo nada.

Más allá de que me suena a sur de Francia, ¿dónde coño está Toulouse?

4

Llaman al timbre con tanta fuerza que me hace saltar del sofá.

Suena a Guille.

Del mismo modo que sabes si hay alguien en casa solo por cómo suena el timbre, estoy convencida de que el amor que le tienes a alguien se mide por la manera en la que somos capaces de reconocer el sonido de sus pisadas en el pasillo o la manera en la que llama a las puertas.

Guille es mi único amigo hetero.

Lo conocí porque era colega de mi ex. Cuando me enteré de que vivía en el barrio, se convirtió en mi contacto de emergencia para montar estanterías, arreglar grifos y hacer esas pocas tareas del hogar de las que las mujeres podemos librarnos «porque solo somos chicas» y que a los tíos hetero les encanta hacer por nosotras porque es su manera de corresponder al patriarcado. De igual manera que las mujeres en todas las culturas, incluso en aquellas en las que más opresión sufren, conforman un corpus de cuidado, de defensa, y plantean un frente común; creo que los hombres hacen algo parecido cuando se trata de defender y afianzar su estatus como colectivo dominante. Y, como las mujeres, ellos también libran sus pequeñas batallas individuales.

Por supuesto que sé lo que es una llave Allen, pero ellos también saben lo que es la aguja y el hilo y no he visto a un hombre coser un botón en la vida.

Si el patriarcado tiene alguna grieta de la que pueda aprovecharme, mi venganza personal es hacerlo sin titubear.

Guille trabaja encuadernando libros y sueña con vivir en Alaska. Se crio con sus tíos, pero nunca quiere explicarme el porqué. Tiene un ranking de las mejores gildas de Madrid y colecciona legos de coches de Fórmula 1 que monta una vez y nunca vuelve a tocar. Fuma puritos, cambia las sábanas cada tres días y siempre se queda dormido en el cine si lo que vamos a ver no es una película de animación. Tiene ese puntito de incoherencia que comparten muchos hombres y que las mujeres hemos sufrido desde niñas; lo tenemos normalizado a la perfección: tan pronto te acompaña el ocho de marzo a manifestarse contigo a favor de las mujeres como te defiende en una conversación de sobremesa planteamientos machistas sobre los vientres de alquiler o la prostitución por los que le matarías. Guille trabaja en una nave del polígono industrial donde los hombres —españoles, claro— son los que manejan la maquinaria, en una zona distinta y claramente delimitada, las mujeres —casi todas de piel oscura, y buena parte de ellas con la cabeza cubierta por un pañuelo— realizan los trabajos más manuales, repetitivos o en cadena. Si alguien durante nueve horas seguidas alza, pliega y coloca la faja promocional de decenas de miles de libros cinco días y medio a la semana, a catorce grados en invierno y treinta y dos en verano, eso es esclavitud; pero los sindicatos mayoritarios te dirán que es un factor de riesgo para la salud mental, que ha de ser compensado con pequeños descansos, paradas para ir al baño y un plus de transporte, que el polígono industrial está a más de dos kilómetros del núcleo urbano.

Guille está en el departamento de muestras y prototipos. Dice que es jefe de departamento, pero es que no hay nadie más, está solo él. Antes de iniciar cada producción en el taller, se manipula y encuaderna a mano un ejemplar para comprobar que todo está perfecto y, a veces, para que el cliente lo vea y dé el OK. Guille pretende hacerme creer que es un proceso de artesanía, de pieza única. Se enfada si le digo que no es más que el catador que tenían los faraones egipcios para evitar que los envenenaran. En el fondo sabe que tengo razón, pero él necesita que su trabajo sea algo más que un pequeño paso dentro de un proceso industrial repetitivo que se completa con la explotación de mujeres inmigrantes en condiciones precarias.

Vuelve a sonar el timbre.

A veces me descubro haciendo esperar a los demás de manera innecesaria: cuando hay que sentarse a la mesa para comer, siempre que alguien me pide que le ayude a mover algo... y también cuando llaman a la puerta.

Guille tiene la costumbre de subir los escalones corriendo, de dos en dos; llega recuperando el aliento, con el habla entrecortada, pero no está sudando. Nunca le he visto sudar. ¿Por qué cambia las sábanas cada tres días alguien cuyo cuerpo no transpira ni siquiera en las situaciones más extremas?

—Tía, perdón, que no he podido llegar a la misa de tu abuela... ¿Cómo ha ido al final? —me pregunta como si una misa por un ser querido muerto pudiera ir bien en alguna de sus variables.

—Pues muy bien no lo sé. Me han puesto una reunión a última hora y cuando he llegado a la iglesia, el sermón ya había terminado —digo sin mirarlo a los ojos porque lo último que quiero es ahondar en esta conversación.

—Hostia, tía, pero ¿los lunes no teletrabajas? Menuda cabrona tu jefa —dice sorprendido.

Es cierto que me han puesto una reunión a última hora, pero también es honesto reconocer que yo no he puesto objeción a la convocatoria. Me ha parecido bien fingir desde el sofá de mi casa que ese *catch up* era vital para la agenda de estos días con tal de llegar un poquito tarde, saltarme la misa y no enfrentarme a la tentación del pancito ese redondo, que sé que a mi abuela le hubiera molestado muchísimo que me comiera en vano el cuerpo de Cristo el día de su ascenso a los cielos.

Cuando he aparecido —impuntual— en la iglesia, me he arrepentido de la hora de llegada. Ojalá hubiera llegado aún más tarde, con las puertas de lo que hoy era prácticamente una floristería ya cerradas y con la mitad de los invitados yéndose apresurados porque no querían perderse la final de *MasterChef.* Sé que algunas señoras del barrio habían hecho una colecta para comprar una corona de flores y varios ramos, pero había demasiados. Estoy segura de que muchos eran de la misa de ayer. Seguro que pertenecían a la mujer rica que le había quitado la fecha buena a mi abuela, la creyente de primera.

Se ve que la señora no se llevó los ramos a casa, por lo que sea.

Si me muero, no quiero que me manden flores. De hecho, no quiero que me manden nada. Incluso: ¿es legal que te incineren en una caja de cartón? Me gustaría en una de Amazon, o de Mercadona, y llevarme su logo al infierno conmigo. No quiero que mi marcha cueste dinero ni que llenen de flores vitrinas que yo ya no voy a oler. O que las aproveche la señora muerta que venga después y mis flores se unan a las suyas y que, de repente, parezca mucho más querida que yo. Cuando me muera, quiero no costar un duro.

Si algo estoy aprendiendo estos días, es que para la clase obrera la muerte no es un agujero, sino dos. El emocional y el monetario.

Cuando me quiero dar cuenta, Guille ha sacado dos birras de la nevera y ha puesto una velita de esas pequeñas, blancas y redondas encima de una de ellas.

—Que con todo esto no lo habíamos celebrado —dice con ternura. Y me acuerdo de por qué es de mis personas favoritas aunque El Nano sea una de las suyas.

Cierro los ojos y pienso un deseo. Todo lo que se me ocurre ahora mismo pedir desafía el ciclo de la vida, así que mi deseo va a ser que nada cambie mucho, no sea que vaya a peor. Y me acuerdo entonces de mi psicóloga hablándome sobre mi falta de ambición.

—*Joyeux anniversaire, mon amie* —susurra Guille mientras se me ilumina una bombillita en el cerebro al recordar que su madre es francesa.

—Guille, ¿conoces Toulouse? —pregunto tratando de ocultar la curiosidad que en realidad esconde esta pregunta.

—Lula, que mi madre sea francesa no significa que haya hecho *free tours* por toda Francia —responde mientras se ríe de la misma manera que cuando hago preguntas que no vienen a cuento—. No, no he estado en Toulouse. Mi familia es del norte, ¿por qué?

—Por nada, curiosidad. —Sé perfectamente que la conversación no va a acabar ahí porque si hay alguien en el mundo que sabe cuándo miento, ese es Guille.

—Lula...

—Guille, ¿por qué crees que mi abuela tendría dos billetes de autobús a Toulouse en un sobre con mi nombre?

—Pues porque iba a ser tu cumpleaños. Y porque era pensionista y no le da para que os fuerais en avión —sugiere con la aplastante simpleza con la que los hombres resuelven siempre los problemas.

—Vale, sí... pero ¿por qué Toulouse?

—Yo qué sé... Le gustarían los cruasanes.

—Tío, lo he mirado y son doce horas en carretera. Creo que si el destino no fuese importante, preferiría que merendásemos torrijas en Cuenca.

—Ni idea, Lula... Del sur de Francia no conozco mucho. Marsella por el puerto, Orange por el anfiteatro romano, Lourdes por la basílica...

Cojo rápidamente mi móvil y busco en Google: «¿Desde qué gran ciudad se peregrina a Lourdes?». El navegador tarda unos segundos que parecen horas y, por fin, da la respuesta:

«Las ciudades que más cristianos eligen para viajar desde ellas a la basílica de Lourdes son Perpiñán, Montpellier o, la más cercana de todas, Toulouse».

Abuela..., eres una hija de puta.

5

Estoy en el andén del metro comiéndome unos anacardos mientras espero a que llegue el tren o a que cualquiera de estos desconocidos se tire a las vías para darme una buena excusa por la que llegar tarde a la oficina. Los martes, además, Bea, mi jefa, se hace las uñas y siempre llega pasadas las diez, así que tampoco iba a enterarse. Siempre entra por la puerta de la oficina enseñándonos a todas el modelo hortera que ha copiado de Pinterest para sus uñas de esa semana. Nos obliga con la mirada a decir que son las más bonitas que se ha hecho nunca para proceder con su comentario ignorantemente racista de que «las chinitas es que tienen las manitas tan pequeñas que me hacen mejor que nadie los detalles». Bea es muy de eso, de buscar excusas para justificar actos de los que se avergüenza y hacer bandera de ellos. Está claro que no va a esa manicurista por las manos pequeñitas, va porque en los salones asiáticos le cobran dos duros. Porque si hay algo claro además del racismo de Bea es que no llega a los mil ochocientos euros al mes por mucho que crea que va a heredar la empresa.

Aunque sea la jefa, no es la dueña de Starsign. Entró como becaria cuando en la oficina solo representaban a un par de mises y fue escalando. Tanto que ahora es la cabeza del equipo. La máxima autoridad cuando la dueña no está. O sea, casi siempre. Nos tiene a las cinco a su cargo y eso la hace sentir prima lejana de Juan Roig. Ha pasado de servir los cafés a pedírnoslos con poquita sacarina, de repente se cree la demostración viviente del sueño americano. Pasa muchas horas con los auriculares puestos, viendo vídeos motivacionales de supuestos emprendedores de éxito que, curiosamente, siempre son hombres. Lo sabemos porque hace más de un año encontramos en un contenedor una especie de jarrón de cerámica con recubrimiento de espejo, como los parachoques de los coches antiguos. Le dijimos que era una antigüedad *vintage* tendencia en la decoración de interiores parisina y que se lo habíamos comprado entre todas. Lo colocamos estratégicamente en la estantería que hay a su espalda para poder ver la pantalla de su ordenador y reírnos de lo que hace mientras simula trabajar.

Bea solo contrata mujeres y se le llena la boca al decir que esta empresa es de *girl bosses*, por mucho que a todas nos pregunte por nuestros «planes familiares» en la entrevista para determinar si tenemos previsto un bombo en los próximos cinco años por el que ella tendría que dar explicaciones. «Empoderamiento» es su segunda palabra favorita, la primera es «Zara», donde se compra con orgullo sus camisetas *feminist* hechas por bangladesíes con los dedos pequeñitos. Qué obsesión tiene con eso. Recuerdo que un día nos contaba que le había organizado a su novio una cena romántica en casa. La cocina no es lo suyo, por lo que le había preparado una tortilla de gambas congeladas. Algo sofisticado pero sencillo de hacer, dijo.

—Espero que cogieras la bolsa de gambas grandes. Es lo mejor, aunque sean más caras —le dije.

—Qué tontería, pues cogí las pequeñas. Si saben igual.

—Ya, pero las pequeñas contribuyen a la explotación infantil porque son las que pelan los niños, que tienen los dedos más pequeños.

El sarcasmo es la única defensa contra los mandos intermedios porque son obedientes, mezquinos, pero no son inteligentes. Y mi padre decía que nunca hay que discutir con los que no son inteligentes.

Llega el tren y entro a ese vagón que perfectamente podría ser una lata de sardinas. Hago un repaso mental de todo lo que me depara la mañana: dos reuniones de *catch up*, visitar tres *showrooms,* fingir que mi abuela no ha muerto, decirle a Bea que o apuramos o no llegamos al evento de septiembre, intentar no llorar, escribir a las reporteras de *Glamour* para ver si tienen disponible la portada de octubre y revisar mi nómina de cuatro perras por si se han equivocado y este mes me han pagado tres.

La chica de enfrente está leyendo *El monje que vendió su Ferrari* y yo no puedo evitar pensar en su felpudo. Lo siento, pero me recorren escalofríos cuando veo a gente con libros de autoayuda. Lo intenté hace meses con *El poder del ahora* y *El arte de decir no* y me sentí gilipollas. ¿Sabes cuando el horóscopo te dice algo tan genérico que a la fuerza te sientes identificado? ¿Cuando da igual si lees libra o piscis que te va a decir que estás esperando un cambio o que hagas caso a tu instinto en eso que te perturba? Pues así me siento leyendo autoayuda. Da igual lo que lea, que habrá algo que pueda relacionar con mi experiencia vital actual y ya me sentiré que he hecho una gran inversión al gastarme dieciocho pavos en un libro de doscientas páginas en lugar de haber perdido cincuenta en una sesión de terapia.

Así nos va: compramos tiritas de dieciocho euros para arreglar peronés y tibias rotas y, claro, luego vamos por la vida cojeando.

Se me ocurre una frase para mi felpudo si algún día compro uno:

«La autoayuda no falla nunca. Cuando no funciona, el que ha fracasado eres tú».

Leí *El arte de decir no* precisamente por culpa de Bea. No porque me lo recomendara, sino porque necesitaba sobrevivir a su persona. En aquel momento, invertía más tiempo fantaseando en el trabajo con todas las negativas que me gustaría clavarle en los dientes que respondiendo correos electrónicos.

De repente me imaginaba a mí misma diciendo que no alto y claro. No voy a arrimar el hombro. No voy a quedarme más horas extra que nunca me vais a pagar. No voy a recorrerme Madrid en busca de un café colombiano con leche de avena sin lactosa porque la estrellita de turno así lo quiera. No me voy a aguantar las ganas de decirte que la leche de avena nunca lleva lactosa, estúpida de los cojones.

Siempre he tenido un problema con eso de decir que no; es como si creyera que si mi boca pronuncia ese monosílabo como respuesta a una petición, la persona que tengo delante me querrá menos. Y me da igual si yo no quiero ni un poquito a esa persona.

Si digo que no, seré menos amada. Se romperá el espejo. Se derramará el vino. La olla a presión explotará y me matará como vi una vez en *Mil maneras de morir.*

Decir que no es un acto de rebeldía que nunca me he permitido. Y me detesto un poquito por ello.

Quisiera ser una mujer de esas con carácter que silencian salas a su paso, a las que el taxista no se atreve a hablarles del tiempo, de las que fulminan con la mirada a cualquiera que las contradiga. Una mujer como Madonna, capaz de plantarse delante del mundo y escurrirlo como una bayeta. Una *femme fatale* que diera su nombre a canciones, calles e incluso a estadios. Y aunque me visualizo siéndolo y practico en la ducha discusiones que siempre gano, en el mundo real no soy más que la que te dice con una sonrisa lo monísimas que te han dejado las uñas esta semana.

Se abren las puertas del vagón y me doy cuenta de que ya estoy en Callao. Qué rápido pasa el tiempo cuando lo dedicas a pensar. Avanzo por los pasillos mientras rebusco en el fondo del bolsillo del abrigo; siempre llevo monedas pequeñas sueltas. Me acuerdo de mi abuela, cuando cogíamos el metro para ir al barrio de Goya, la zona pija. Yo la acompañaba a algo a lo que, por muchos años que cumpliera, no estaba dispuesta a renunciar: la corsetería que hay en la calle Jorge Juan. Para las mujeres mayores, comprar ropa interior entraña una mezcla agridulce de sentimientos contrapuestos. Por un lado, por muy mayor que una sea, la coquetería no se pierde. Y comprar ropa interior, tengas la edad que tengas, es el mayor acto de coquetería que puede existir. Por otra parte, a según qué edad determinadas funcionalidades y requerimientos de forma e higiene hacen que la ropa interior tenga menos de modelito y más de andamio, para qué negarlo.

Como hacía ella, busco esos céntimos en el abrigo para echárselos a algún músico. Para eso, mi abuela tenía sus reglas. Me decía que había que dárselas al que peor cantara o tocara la guitarra. «Al que canta bien ya le echan monedas los demás». Y sí, yo hago lo mismo. Mis monedas van siempre al peor músico callejero.

Pongo rumbo a la oficina y cuando me estoy acercando, veo a Bea fuera. Ha debido de pasar algo urgente para que esté aquí y no retocándose las uñas de gel. Se enciende uno de esos cigarrillos finitos que no solo son más caros, sino que denotan que quien los fuma es gilipollas porque encima traen menos tabaco.

—Lula, no te lo vas a creer: Patri ha pedido la baja, ¡y de manera indefinida! La verdad es que nos hace polvo, con todo lo que se viene en septiembre. Sinceramente, yo creo que es cuento. Vale que el marido la dejó por otra, pero ¿justo coge la baja la semana que le habíamos denegado las vacaciones? —Sigue hablando, pero yo ya no escucho. Solo pienso que deseo de todo corazón que Patri esté rumbo a Costa Rica y con una piña colada en la mano todo lo que queda de semana—. Pues eso, que necesito que hoy te quedes tres horitas más, está estimado que el *shooting* acabe a las nueve y yo tengo cena por el cumple de la niña... ¿Puedes, verdad?

Ensayo en mi cabeza: la ene con la o. No es tan difícil. Esta noche tengo entradas para ir al cine y mi cabeza necesita esa dosis de dopamina que solo proporcionan las películas de comedia romántica protagonizadas por rubias muy delgadas que perpetúan estereotipos patriarcales y de final absolutamente predecible.

—Lula, ¿puedes? Necesito ver que de verdad estás comprometida con esto.

—Sí, Bea. No te preocupes, yo me quedo.

Quizá aprenda a decir que no cuando esté muerta.

Supongo que todo es más fácil desde allí. Y si no, que te lo digan a ti, ¿eh, abuela?

Todo esto de ir a Lourdes me da rabia porque si ella estuviese viva, le hubiera dicho que ni de coña, que se buscase una amiguita y que se fuese con Mila o con Sonsoles a la gruta esa en la que supuestamente se apareció la Virgen María. Pero, claro, la tía me suelta el bombazo desde el otro barrio. Y de repente su última voluntad es que haga el viaje que tenía planeado para nosotras y que vaya en busca de una fe que ni está ni se la espera.

Encima a Lourdes. Juntas. Dejarme este marrón sí que es irse por la puerta grande. Tengo claro que si mi abuela no hubiera muerto, no habría discusión. Decepción, sí, pero sé que me hubiera perdonado con quedarme una tarde jugando juntas al dominó. Hubiéramos pasado el día riñendo por quién robaba el doble seis y ese hubiera sido mi regalo de cumpleaños perfecto. Y ella hubiese usado los billetes para irse con alguna amiga y me hubiera perdonado de inmediato por no querer ir a peregrinar a una virgen de mármol. Todo hubiese sido muy sencillo. Pero, claro, al más allá ¿cómo se manda una carta de disculpas?

Mi jornada laboral continúa sin sobresaltos. A la hora de comer bajo a por una ensalada preparada y unas dosis individuales de aceite y vinagre. En esas ensaladas siempre viene una salsa que está buenísima pero que triplica en calorías al resto de los ingredientes, así que tan pronto como abro el envase, la tiro a la basura. Es con esos pequeños detalles que me planteo si quizá una vez que tienes un TCA, lo tienes para siempre.

Hace años que lucho fehaciente por tener una

buena relación con la comida. La teoría me la sé a la perfección, lo juro. He estado años en terapia con una psicóloga especializada en bulimia y tengo los mantras claros en mi cabeza: «Mi cuerpo no me define, los cánones de belleza son constructos sociales, un cuerpo no te hace más o menos válida...». Juro que cada día lucho por recordarme todos estos lemas que encima sé que son verdad, pero a veces los mensajes con los que la industria nos bombardea y el recuerdo de los insultos con los que te machacaron en la adolescencia son mucho más fuertes.

En esta batalla, he descubierto un flanco del que apenas se habla: como con las personas, la relación con lo que comes es más fácil si son cosas buenas y bonitas. Yo ahora presto atención al origen, a la calidad, al mimo en los procesos, a la presentación... Leo sobre ello, aprendo y practico. A mí me funciona. Por ejemplo, creo que debería ser obligatorio eso que sucede en los restaurantes caros: que el camarero te explique cómo está elaborado el plato y qué ingredientes lleva. Con detalles que lo hacen imprescindible... «Los guisantes de Llavaneres se siembran en octubre, y solo se recolectan durante los meses de marzo a mayo, la época en que se pueden comer, porque son tan finos que solo se degustan frescos, ni se congelan ni se guardan en conserva. Son de la variedad garrofal, adaptada a la zona, y se caracterizan por su dulzor. La producción es pequeña y se exporta a Francia prácticamente en su totalidad, por lo que es una suerte poder disfrutarlos. Nuestro chef los cocina con menta para potenciar su sabor dulce...», y ya está, menos de un minuto de literatura y pagamos encantados veinticinco euros por un plato de guisantes. Pues esto mismo debería suceder en los locales con menú de doce euros.

Desarrollé bulimia a los catorce años. Mi mayor pico fue a los diecisiete. Nunca se lo dije a nadie.

Dejé de vomitar porque vi un documental en el que una joven moría de paro cardiaco porque la bulimia y los ataques al corazón, aunque pueda parecer que no tienen nada que ver, están directamente relacionados. Sin embargo, hoy en día aún cuento las calorías de todo lo que como, y si la báscula del baño se me queda sin pilas, se las quito de inmediato al mando de la tele. Pero lo tengo controlado, como todos los adictos.

A veces todavía hablo con mi bilis. La siento como una vieja compañera. Siento incluso que tantos años compartidos hicieron que nos mimetizáramos un poco. En el fondo somos muy parecidas: amargas, ardientes y amarillentas.

Los años de terapia hacen que el TCA, aunque latente, esté acotado. Pero sé que esto es una relación de por vida. He aprendido a estar cómoda en la contradicción. Y a veces mi feminista interior se hace pequeñita y me encuentro llorando de frustración delante del espejo porque no me cierra un vestido. Y no pasa nada.

Me vibra el teléfono y veo un mensaje en la pantalla. Es Eli.

Lula, amor. Estoy volviendo de Asturias,

quedamos mañana por la tarde?

Tengo muchas ganas de verte

Supongo que hoy en día sabes que quieres a alguien cuando su mensaje es capaz de alegrarte una jornada laboral de ocho, digo once, horas.

Le contesto y miro el reloj. Demasiadas horas por delante. Me levanto y pongo rumbo al servicio dispuesta a pasarme veinte minutos sentada en la taza del váter mientras juego al *Candy Crush* a la espera de que mi intestino grueso haga su trabajo.

Cagar en horario laboral debería ser un derecho constitucional.

Una pena que ya no sea bulímica, porque le robaría a mi empresa unos minutitos más.

6

Me quedan tres descansillos y dos tramos de escalones; ahora mismo mi mayor deseo es darme una ducha y tumbarme en bolas en la cama hasta quedarme dormida. Los días como hoy pienso que menos mal que mi apartamento no tiene bañera porque, si así fuera, Greenpeace me pondría una querella a título personal.

El trabajo asalariado es una tortura blanqueada por el sistema capitalista. Al menos, yo lo veo así. Y envidio profundamente a la gente que no siente como desesperante esta mercantilización de su tiempo. Los envidio y me dan rabia. No sé, entiendo que los que aman el trabajo existan, pero lo justo sería que lo profesasen de puertas para dentro. Yo no tengo nada en su contra, pero tampoco tenemos que enterarnos todos, ¿no?

Hay que dejar de romantizar el trabajo. En mi caso, el día que entendí que soy una persona sin ninguna vocación fue como quitarme una mochila de trescientos kilos de la espalda.

Mi amiga Vega es la persona más talentosa que conozco. Y que tu talento y tu vocación vayan de la mano me parece que es como que te toque la lotería. En cuanto a lo que la vida laboral capitalista significa, claro. Ahora está rodando una película de bajo presupuesto, pero pronto ganará el premio de la crítica en Cannes y no tengo ninguna duda al respecto.

Vega es irresoluble. Le encanta bañarse desnuda en la playa, los autodefinidos y la paella valenciana de verdad. A veces parece salida de la *nouvelle vague.* Nunca toma postre porque repudia lo dulce de manera literal y metafórica. Si pudiera, le robaría todas las palabras a Annie Ernaux. Es preciosa, canta mucho, se valora poco. Si tuviera que describir sus gustos en mujeres, diría que se enamora de aquellas que son tan delicadas como inteligentes. En cuanto a sus gustos en hombres, diría que se prenda de gorilas. Me encantaría ver la vida a través de sus ojos, por lo que el hecho de que se dedique al cine es un regalo para la humanidad.

Un día, hablando con ella, le confesé que creía que no tenía vocación y el miedo que eso me acarreaba. Me calmó y me llamó afortunada. Me hizo entender que convertir tu pasión en tu negocio es algo desgarrador. Ineludible cuando eres artista, pero desgarrador al fin y al cabo.

—La vocación en el trabajo y el corazón en el amor son como el velcro: si no suena a desgarro, siguen cerrados. —Vega te improvisa estas metáforas que te dejan un rato largo pensando.

Hablando con ella sobre el tema, aprendí que nuestra generación ha heredado un trauma: nuestras madres no pudieron estudiar, por lo que crecimos con el «haz lo que sea, pero estudia una carrera» acuñado en el cerebro. Y nos metimos todas a hincar los codos sin saber qué, ni preguntarnos cómo. Yo elegí ADE sin tener mucha idea de lo que era, un erasmus por gozo y dos másteres por inercia. Un día mi abuela me preguntó en qué consistía exactamente.

—Es para saber dirigir empresas. Ahora hay mucha gente estudiando eso, es una de las carreras más demandadas.

—Ya. Para ser jefes. Como si eso se pudiera aprender. Pues luego no os quejéis y vengáis diciendo que no encontráis trabajo de lo vuestro. —Y nos reímos las dos. Esa sabiduría *destroyer* y la manera de contarla es algo que me maravillaba de ella.

Mi abuela tenía razón. Salí preparadísima a un mundo laboral colapsado en el que no había sitio para mí. Ni para nadie. Empalmé varios trabajos de becaria en los que no cobraba. Trabajé en lugares en los que, a pesar de estar encantados conmigo, a los tres meses prescindían de mí porque hacerme indefinida se les salía del plan. Es el mercado, amigo. Éramos la generación más preparada de la historia y resultó que era el mundo laboral el que no estaba preparado para nosotros.

Salgo de la ducha y me tumbo en la cama boca arriba. No sé cómo ni por qué, pero mi lagrimal empieza a convertirse en un manantial. Intento encontrar la razón de estas lágrimas en mi agotamiento, en el dolor de cabeza o en el síndrome premenstrual. Cualquier cosa excepto asociarlo a que, en efecto, me siento sola. Sé que no lo estoy, pero hoy lo siento. Sé que podría mandarle un mensaje a Guille y estaría en casa en dos minutos con dos litronas de Mahou. Sé que podría llamar a Vega y a Eli y se las apañarían para conseguir que este dolor desapareciera. Pero no quiero. Hoy me siento sola, aunque siento que necesito regocijarme en esa soledad. Porque transitar la tristeza es la única manera de transformarla.

Cojo el móvil como un autómata y marco el único número de teléfono que me sé de memoria.

Pi. Pi. Pi. «El número al que está llamando se encuentra apagado o fuera de cobertura».

Joder.

Hay otro en un rinconcito más recóndito de mi materia gris que, si me esfuerzo, puedo recordar.

Lo marco.

Espero.

Pi. Pi. Pi.

Cuelgo arrepentida.

Si el mundo se ha destruido ahí fuera y no queda nadie vivo, que me avisen para ahorrarme este mal trago.

Mientras me quejo en silencio de lo desgraciada que soy de la manera más exagerada y autodestructiva que se me ocurre, mi móvil vibra.

¿Me has llamado?

Número desconocido.

¿Desconocido? Ojalá.

Mis dedos empiezan a teclear solos. Y borran. Y vuelven a teclear. Y a borrar. Y casi me dan ganas de preguntarle a ChatGPT cómo explicarle a tu exnovio, con el que llevas un año en contacto cero, que en un intento desesperado por llamar la atención has marcado su número para decirle que tu abuela ha muerto.

Después de casi cinco minutos escribiendo, y borrando, y viéndole en línea e imaginando su cara de «¿Qué le pasa a esta loca?», consigo redactar un mensaje en el que las reglas sintácticas tengan algún sentido.

> Mauro, sí, perdona. Hace unos días falleció mi abuela y he creído que quizá te gustaría saberlo. Sé que llevamos mucho tiempo sin hablar y no sabemos nada de la vida del otro, pero por el cariño que os teníais, creo que era importante que lo supieras

Si yo he estado cinco minutos escribiendo y borrando, él por lo menos lleva diez. Se me pasan por la cabeza todas las variantes de respuesta que podrían darse. Me pregunto si su ChatGPT estará trabajando en hallar una respuesta para «cómo le doy el pésame a mi ex, de la que aún sigo enamorado, por la muerte de su abuela». O si Guille ya tendrá en su móvil un pantallazo de la conversación.

En realidad, no me extraña que tarde en contestar, Mauro siempre ha sido muy inseguro. De hecho, eso fue lo que se llevó por delante nuestra relación. Sé que no quiero volver con él porque no era feliz a su lado, pero también sé que le he mandado este mensaje porque la vida sí que era más fácil cuando compartíamos buzón.

Mauro y yo lo dejamos porque se acabó el amor, al menos por mi parte. Sé que parece la frase hecha más evasiva de la historia, pero fue así de verdad.

Él se sentía tan pequeñito a mi lado que desaparecía, y yo me desenamoré de no verle. Ya hace un año que lo dejamos y muchas veces siento que ojalá hubiésemos acabado mal. Una traición. Unos cuernos. Un acostarse con mi prima. Algo. Si una gran bronca hubiera roto lo nuestro, todo sería más fácil. Al menos, creo que así los domingos de resaca no tendría rondando por la cabeza la duda de si hice lo correcto o si va a ser la decisión de la que me arrepienta toda la vida.

Sea como sea, creo que ya es momento de ser adulta y volver a guardar su número en la agenda. Tecleo las cinco letras de su nombre y cuando pincho en «guardar» suena una notificación.

Lula, vaya, lo siento. Consuelo era una gran mujer.

Todo mi pésame para ti y tu familia

Definitivamente, la inteligencia artificial no ha redactado esta respuesta de mierda. ¿Todo mi pésame? ¿En serio? No hay duda, somos una generación que no conocemos ya el protocolo retórico de la muerte. Ya no damos el pésame y, cuando lo hacemos, se nota que no sabemos darlo. Los pésames son para nosotros algo tan falso que se expresa en redes sociales cuando se muere alguien famoso que no conocíamos y fingimos que nos afecta mucho. De todas las frases hechas que existen sobre el asunto, solo una me parece preciosa: que la tierra le sea leve. Una vez se la solté a mi abuela y me miró como si la estuviera apuñalando. Y es que, como supe después de googlearlo, el origen de esta frase es *«Sit tibi terra levis»*, una locución latina que significa «que la tierra te sea ligera». La utilizaban en el mundo romano precristiano como epitafio... Vamos, que es el pésame de los ateos.

Mientras proceso lo que estoy leyendo, me fijo en ese pequeño círculo en el que aparece su foto de perfil. Tardo un nanosegundo en pinchar para ampliar. Me da un vuelco el corazón. Es un selfi de Mauro con una chica rubia en la que, ambos sonriendo, señalan el dedo anular de ella, coronado por un pedrolo que bien podría ser un zafiro.

Llamada entrante de mi madre. Pincho el icono verde y antes de que pueda decir «hola», le suelto una retahíla de todo lo que acabo de vivir. Antes la he llamado porque me sentía sola; ahora, además de sola, me siento profundamente imbécil.

No hay nada en el mundo que me calme como la voz de mi madre. Y, además, la cabrona, ha dado en el clavo como solo una madre sabe dar: «Cariño, tú estabas esperando que ese mensaje lo contestase Mauro tu novio; y lo ha contestado Mauro tu ex». Así, sin anestesia.

Es curioso cómo congelamos en el tiempo la idea que tenemos de las personas. Como si lo que son para nosotros fuese inmutable a los años. Como si pusieran en *off* su vida, sus apegos y su querer cuando no están cerca.

Sin duda, los seres humanos a veces sufrimos de un patetismo estratosférico.

Si algo tengo claro es que esta es la última vez que voy a escribirle a Mauro.

De hecho, voy a borrar de nuevo su número, no

sin antes hacer una captura de su foto de perfil para mandársela a mis amigas y poder hacerme un poco la mártir cuando me queje de lo rápido y corriendo que ha rehecho su vida el «pansinsal» de Mauro.

Se acabó.

Puedo perdonarte que no luchases por nuestra relación.

Puedo perdonarte que no tiraras jamás de la puta cisterna, incluso que me regalases unas flores de plástico.

Puedo perdonarte que te hayas prometido en menos de un año con una rubia con —y con permiso de la sororidad— claros síntomas de estrabismo.

Lo que no voy a permitirte, Mauro de mierda, es esto.

Con los dedos firmes y el corazón en un puño, mando un último mensaje.

Mi abuela no se llamaba Consuelo, imbécil

7

—Un vino blanco, por favor —le pido al camarero de este bar de La Latina.

Lo bueno de pasar agosto en Madrid es que es el único momento del año en el que no tienes que liarte a hostias con nadie para conseguir sitio en una terraza después del curro.

Con la baja de Patri, el trabajo está siendo agotador. Hoy he visitado el mismísimo infierno: un *showroom* (lugares en los que te dejan ropa de ciertas marcas para que la luzcas en eventos). He tenido que acompañar a Amparo Rui, una de nuestras representadas, que tiene una gala benéfica por los niños de África y quería que le dejasen un vestido para la ocasión.

Cuando llegamos, siempre me miran sabiendo perfectamente que yo no soy la persona a la que tienen que atender y no vuelven a dirigirse a mí. Ir de acompañante a estos sitios es comparable a las flagelaciones de Jesucristo. Como si hubiera que estar hecho de una pasta especial para que te dejen un puto vestido de ciento noventa euros. A veces, cuando las chicas a las que acompaño se retrasan, veo en los ojos de quien me recibe el terror de tener que vestir a una mujer que usa una talla treinta y ocho.

Amparo se ha probado tres vestidos y ha elegido el rojo por ser su color favorito. Y por ser el único que le cerraba la cremallera. Es modelo de pasarela y no se debe de haber comprado nunca en su vida una talla que no fuera la XS. A ver si al final se nos está yendo de las manos y los *showrooms* no son para galas de niños desnutridos de África, sino para los propios niños. Al terminar, se ha cogido un taxi a su casa pero yo he preferido volver caminando a la ofi para tomarme —robarle a la empresa— un poquito más de tiempo. Paseaba por ese barrio al que no pertenezco y sentía que hasta las putas palomas sabían que ese no era mi lugar. Que, si hubieran tenido ganas, sin duda yo era el blanco en el que cagarse encima. Tengo una relación parasocial extraña con las palomas. Sé que la mayoría de la población las considera ratas voladoras, engendros con alas portadores de enfermedades o simplemente el animal más feo sobre la faz de la tierra... Yo no. A mí me gustan. De hecho, estoy bastante segura de que, cuando sea mayor, seré una de esas ancianas que se sientan en un banco del Retiro durante horas mientras alimenta a todas las torcazas de la capital. Quizá tenga que ver con los hippies de los sesenta y su símbolo de la paz o esa idea de que es la alegoría arquetípica de representación del Espíritu Santo, pero hay algo de ellas que me conmueve. Y me parece, sin ninguna duda, que no merecen la aversión que provocan. Los humanos no queremos que las palomas estén en nuestras ciudades, pero estoy bastante segura de que ellas tampoco quieren estar aquí. Ellas también prefieren el campo y la tranquilidad. Un lago a las afueras. Ellas no eligen por gusto el ruido de los semáforos ni sobrevolar la calle Serrano en una urgencia estomacal.

En los barrios pijos la gente no tiene tanta prisa como en el centro de Madrid. Aquí las señoras pasan la mañana tomando café con sus amigas porque no tienen que hacer la comida ni poner lavadoras.

Pienso mucho en las mujeres que encuentran a un hombre que las mantenga y se agarran a esa vida como un clavo ardiendo. Infelices y conformistas, pero millonarias. Las imagino con un poco de envidia primero, porque yo nunca sería capaz de soportar a un hombre que se llamase Borjamari y cuyo tema de conversación más interesante fuera el IBEX 35; y segundo, porque aunque lo encontrara, aunque él se enamorase de mí y yo, contra todo pronóstico, me enamorase de él, mi ego proletario no me permitiría ser una mujer mantenida.

Quizá he leído demasiado a Virginia Woolf, quizá debería aceptar las cosas que me convienen o quizá simplemente soy gilipollas. Y cuando veo que estoy haciendo jornadas laborales de doce horas o, como Bea las llama con simpatía, «medias jornadas», me doy cuenta de que efectivamente soy imbécil y ojalá mi madre nunca me hubiera regalado *Una habitación propia* por mi decimoséptimo cumpleaños.

He pedido solo un vino, aunque sé a la perfección que Eli querrá otro. Pero aún quedan algunos minutos para la hora a la que hemos quedado, por lo que decido tomarme este sola. Ni mi abuela ni mi madre se sentarían nunca en la mesa de un bar y pedirían una copa. Ellas hubieran esperado de pie junto a la salida del metro. Como si el que una mujer se siente sola en un bar a tomarse un vino significara algo. Pues sí, significa algo: que no pasarán ni cinco minutos sin que algún imbécil, también solo y sentado en otra mesa, empiece a mirarte de manera insistente. Y eso en el mejor de los casos. Por pereza, yo tengo mi recurso. Abro Spotify y me pongo a escuchar música con los auriculares. De vez en cuando, suelto alguna frase para que parezca que estoy manteniendo una conversación. Todo por ahorrarme la consabida pregunta del baboso de turno: «¿Esperas a alguien?». Porque la pregunta es siempre esa. En el fondo, lo único que les importa es su miedo a tener que enfrentarse a otro gallo más fuerte que ellos.

Doy un sorbo a mi Albariño y acudo al móvil para comprobar que no tengo mensajes de mi amiga. Empiezo a preocuparme, no suele ser impuntual.

Eli siempre lleva un reloj sin pila, pero jamás llega tarde. Adora la sensación del sol en la cara en invierno y el refranero español. Duerme sin bragas, colecciona imanes horteras y sueña con tener una granja y criar allí una familia numerosa. Su curiosidad por la vida es tal que se abriría en canal para inspeccionarse por dentro si luego pudiera cerrarse sin dejar marcas. Tiene una cicatriz en el pómulo izquierdo de cuando se cayó con su hermano montando en bicicleta. Nunca ha vuelto a subirse a una porque es defensora de que los miedos no se afrontan, se rehúyen hasta que no quede más remedio que pasar por el aro. Y esto se da en pocos casos.

Eli, Vega y yo nos conocimos a los veintidós. Es extraño hacer amigas tan tarde, pero a decir verdad es la edad a la que se acaba de cerrar la corteza del cerebro, por lo que para mí tiene mucho más sentido hacer amigas cuando te acercas a la edad adulta que arrastrar relaciones de la infancia porque os tocó compartir espacio y tiempo en un momento de vuestra vida. O eso quiero pensar como niña que nunca tuvo amigas.

Trabajamos juntas poniendo copas en un garito de mala muerte. Fueron unos años divertidísimos: bebimos mucho gratis, salimos de fiesta de manera incansable y trabajamos menos días de lo que nos tocaba porque «si no te vas a dormir, no cuentan como días distintos». Ese era siempre nuestro lema.

También descubrimos que los que mejor saben desfasar son los camareros. No hay mejor forma de salir que ser camarero o camarera después de cerrar el bar, porque acabarás en el garito que cierra el último con los que, como tú, acaban de cerrar el suyo. Y no pagarás ni una copa: los camareros no se cobran de noche entre ellos, eso es ley.

Pero esos bares que cerraban los últimos eran para nosotras una zona de confort seguro: un camarero no necesita ponerse pesado para ligar, sabe que las tías le entran y solo tiene que discernir si lo hacen por conseguir copas gratis o hay algún interés mayor. Además, y aunque no se note, ellos saben que eres de los suyos y están discretamente pendientes por si alguien te molesta más de lo que tú deseas.

Nuestro jefe era un capullo borracho y un mujeriego que nos pagaba en negro y que abrió el bar para justificar su alcoholismo, pero aun así fuimos muy felices en ese antro. Y nos llevamos muchas cosas de él: la certeza de que todo el mundo debería trabajar alguna vez de cara al público para desarrollar la empatía, una amistad de por vida y birlar una caja de ocho botellas de whisky premium que hemos ido abriendo por cada Navidad.

Esos años aprendí mucho. Como que la marihuana me sienta fatal, que es verdaderamente fácil colarse en el cine y que la gente mala siempre se sale con la suya. Aprendí que los borrachos no solo dicen la verdad, sino todo aquello que no se atreven a decir sobrios. Aprendí que la jerarquización de las relaciones es una mentira que nos han hecho tragarnos con patatas y que la amistad debe ser siempre el lugar donde nunca te sientes juzgada.

Nos miro ahora, siete años y medio después, y siento mucha ternura. Es como si hubiéramos adquirido la versión premium de esas tres muchachitas. Ahora usamos vino de botella de vidrio para el calimocho en lugar del de brik. Tenemos que hacer la declaración de la renta y ya no nos colamos en el cine no porque podemos permitirnos pagar las entradas, cada vez más prohibitivas, sino porque que te pillen con treinta da mucha más vergüenza que cuando pillaban a tres niñas veinteañeras enlazando sesiones desde las tres de la tarde hasta la madrugada en su único día libre de la semana.

Ahora somos igual de niñas, pero performamos ser adultas.

Veo a lo lejos a Eli con unos zapatitos que se parecen a los que llevan las niñas de San Ildefonso el día de la lotería. Con lo punky que ha sido esta zorra y cómo está mutando a madrileña de la calle Serrano. La tía es un coco. Es buenísima en el sector de la programación informática y en las empresas se la rifan. En los últimos tres años ha cambiado siete veces de curro porque cada vez le ofrecían cantidades más ingentes de dinero y si algo le gusta a ella es desafiar al capitalismo ganando mucho y produciendo poco.

Me saluda con un abrazo más fuerte de lo normal porque es la primera vez que nos vemos desde lo de mi abuela. Nos separamos y me mira a los ojos. Vuelve a abrazarme fuerte. Sé que no lo hará, pero como me suelte un «te acompaño en el sentimiento» o me echo a reír o le suelto una hostia. Es curioso cómo muchas veces las palabras no hacen falta.

—Estás morena, cabrona. Y guapísima. Cómo se te notan las vacaciones —digo de manera sincera. Eli es una mujer bellísima de ojos verdes, tez dorada y labios carnosos.

—Calla, tonta —dice bajando la mirada y dejando entrever su incapacidad para aceptar un cumplido.

—Tienes tanto que contarme. ¡Enséñame las manos! Vale, Jose no te ha pedido matrimonio todavía. Bueno, y cuéntame qué tal con tus suegros. Y la escapada a las Cíes. Y cómo va lo de la herencia, tía, que desde lo de mi abuela me dejasteis de contar vuestros dramas y una abuela muerta no tiene solución, pero que tu hermano te quiera quitar el piso de tus tíos, sí.

Eli, aturdida por todos mis estímulos, sacude la cabeza. Deja el bolso en la silla y mira mi Albariño casi terminado.

—Te pido uno —le digo mientras levanto la mano para llamar al camarero.

—No, Lula; agua, porfa.

—¿Agua? —pregunto casi decepcionada, como si la persona que tengo delante no fuese mi amiga, la que reconoce las notas de roble y tabaco en cualquier Rioja que le sirvan.

Eli se queda callada, aprieta los labios y clava sus ojos verdes en los míos. Por segunda vez en dos minutos, las palabras vuelven a no hacer falta.

—Elisa Vinuesa, ¡no me lo puedo creer!

8

Decido volver caminando a casa no sin antes tomarme un Enantyum de emergencia. Me duele la cabeza de una manera descomunal y ya no sé identificar si es por las cinco copas de vino o por hablar de lactancia, de colecho o de Baby Led Weaning toda la tarde sin parar.

En realidad, agradezco que Eli me haya dado hoy la noticia. Todo el mundo prefiere hablar de bebés por nacer que de abuelas ya muertas. Tengo en la cartera unas pastillas que el padre de Vega, que es médico, me mete en la tarjeta sanitaria. No hay nada en la vida que valga más que un amigo médico. De hecho, hace poco leí que se ayudan entre ellos a morir cuando están en estados muy avanzados de enfermedades degenerativas sin cura. Si la burocracia ya es complicada, arreglar los papeles para que te dejen morir me parece que debe de ser algo para pegarse un tiro. Y es irónico que lo hagas para evitarlo. Pero sí, si un día quiero una muerte asistida, primero me mato y luego la pido.

Pienso a menudo en el suicidio. No como algo propio, sino como quien acerca el ojo a una mirilla de la puerta tras la cual hay algo indecente y prohibido. Como cuando de adolescente pasabas por el escaparate de un *sex-shop* queriendo que tu rabillo del ojo fuese larguísimo. Pienso mucho en las formas horribles en las que la gente se las ingenia para morir de manera indolora. Y para no quedarse a medias. Me parece que esta no puede ser una sociedad avanzada si no nos deja morir con decencia. Hasta para eso hay condescendencia. Hasta para eso el paternalismo interrumpe nuestros deseos. Unas más y otras menos, todas las religiones consideran que quitarse la vida es pecado. El argumento es siempre el mismo: que la vida no nos pertenece, le pertenece a Dios. Vaya, entonces a los ateos no habría de parecerles mal que el que quiera y cuando quiera se pille un taxi para el otro barrio. Pero no, porque uno puede ser ateo o hijo de ateos, pero la cultura nuestra es judeocristiana por encima de la fe que se profese. Esto es así.

Me paro en un semáforo en rojo y veo un taxi venir de lejos. Podría estar en casa en diez minutos y, sin embargo, me apetece más un paseo nocturno haciendo eses y pensando en el suicidio. Como aquel personaje de la película favorita de mi padre, era absurda. Trataba de un negro enorme al que un niño le pregunta por qué andaba en zigzag. «Porque así se tarda más en hacer el camino y piensa uno mejor por dónde va, hijo». Es la respuesta absurda más razonable del cine español. Y es que los límites de la filosofía y del absurdo son difusos.

Pienso en el suicidio y pienso en ti, abuela. Y en esa vez que hablamos del chico del barrio que se había tirado de un quinto y en que me dijiste que, por muy bueno que fuese, ya no iría al cielo porque quitarse la vida es faltarle a la voluntad de Dios. Y yo pensé que si Dios es tan omnipotente, podría haber evitado que el del quinto se tirase. Y que igual Dios estaba distraído esa tarde. O que simplemente nuestro vecino del quinto le daba un poquito igual a la deidad.

Ese día, tras la conversación, supe que por muy triste que estuviese, nunca me tiraría de un quinto. Al menos, no mientras vivieras. Sé que te habría destrozado. Sé que te habrías enfrentado a tu Dios por permitirlo. Sé que hubieras vivido el resto de tu vida enfadada. Sé que me tiraría yo, pero te hubieras muerto tú.

Hoy en día el suicidio no me suena apetecible. Mi salud mental tiene sus baches, como todas, pero me gusta la vida. A veces me encierro en parcelas de fatiga y ansiedad, pero mientras se sigan estrenando películas, se sigan escribiendo libros, los viñedos sigan dando uva y, sobre todo, yo tenga con quién compartir estos placeres, puedes estar tranquila, abuela.

Es cierto que no descarto matarme un día. Cuando sea muy mayor. Cuando la artrosis que me vas a dejar en herencia me deje postrada en la cama y se me empiece a olvidar tu nombre. Ahí quizá me vaya a Suiza a tomarme una pastillita. Y quizá, si la vida eterna existe, te enfades conmigo. Pero tendrás tantas ganas de verme que me perdonarás enseguida.

Abro el explorador en el móvil y busco las palabras «babero personalizado» mientras pienso en que ser tía me viene fatal económicamente.

Algo que he aprendido hoy es que cuando tu mejor amiga se queda embarazada, es la primera vez que te planteas de manera real la maternidad. Y, la verdad, acojona.

Me alegro de corazón por Eli, pero no puedo evitar compararme.

Tengo treinta años y comparto piso. No puedo ni permitirme uno con ascensor. Odio a mi jefa. Sigo desayunando ColaCao porque soy tan poco adulta que ni siquiera soporto el sabor del café. Mi relación más duradera es con mi trastorno de la conducta alimentaria. Mi sueldo no me permite ahorrar. De hecho, si el último día antes de cobrar me quedan un par de euros en la cuenta, me compro un yogur griego de los buenos para darme un homenaje porque para que el sistema se ría de mí, ya me río yo.

No sé si quiero ser madre, pero sí sé que el reloj biológico empieza a correr en mi contra. Planteárselo es un sinsentido porque ahora ni puedo serlo ni tengo solvencia para congelar óvulos y así congelar también la dichosa preguntita.

Es fuerte que hasta la naturaleza se puede parar y retrasar con unos pocos miles de euros.

Abro el calendario para apuntar la fecha de la siguiente ecografía de Eli y veo marcada en rojo la fecha de los billetes a Toulouse. Viernes 15. Encima festivo. Si es que no se te escapa una, abuela. No sé ni por qué decidí apuntarla, pero ahí está, palpitando con fuerza desde la pantalla del teléfono. Parece incluso que se agranda poco a poco. Definitivamente el dolor de cabeza —y estas alucinaciones calendáricas— son los cinco vinos. «No voy a ir. No voy a ir», me repito a mí misma. ¿Cómo me voy a ir sola a Lourdes en nueve días?

Vislumbro un neón con forma de pizza y me doy cuenta de que no he ingerido nada desde la hora de comer. Mañana tengo reunión con Bea y una chica nueva que hemos fichado para representar a primera hora. Odio esas reuniones de bienvenida en las que Bea comienza hablando de lo contenta que está de tenerlas en el barco y termina remarcando la importancia de mantenerse «cuidadas» como eufemismo de delgadas y sin arrugas. Me dan ganas de vomitar. Y a este paso, con la resaca que voy a tener, igual las ganas se acaban materializando. Un trocito de pizza carbonara me vendrá bien para asentar el estómago.

Mientras espero los cuarenta y cinco segundos que tardan en meterla en ese horno para darme una falsa sensación de que lo que estoy comiendo es algo casero, entra un chico por la puerta y pide dos porciones de pizza vegetal. Y la llama «piza». Y se me escapa una carcajada sin ningún sentido que me dibuja como una auténtica gilipollas.

El chico me mira y me doy cuenta de lo guapo que es. Uno ochenta y tres. Ojos marrones verdosos. Bigote. Una camiseta negra de algún club de electrónica y unas Dr. Martens. Antes de que pueda increparme por haberme reído, entono un «perdón» y un «voy borracha» para acabar de lapidar mi imagen social. Se ríe y me dice que ningún problema, que buenas razones tendré para emborracharme un miércoles a las diez de la noche.

—¿Qué crees que hay después de la muerte? —digo como si las palabras se me escapasen de la garganta.

No sé por qué he dicho eso. Tampoco sé por qué siento el deseo irrefrenable de hablar con este desconocido de ello, pero soy incapaz de retirar mis ojos de los suyos. Desde que Antígona le preguntó al oráculo, nadie ha deseado nunca una respuesta con tanta intensidad. O eso me parece a mí.

—¿Cómo?

—Eso, ¿qué crees que hay después de la muerte?

Emana un sonido entre un suspiro y una risa y contesta con seguridad:

—No sé. Ni siquiera tengo claro lo que hay antes de ella.

9

Mi abuela está vestida de blanco con una falda de gasa de vuelo espectacular. Tiene la piel más radiante que nunca y un brillo especial adorna los puntos más álgidos de su rostro. Sube unas escaleras enormes y teatrales moviendo las caderas como lo hacen las actrices del cine de los años sesenta mientras su cabello ondea casi a cámara lenta desafiando las leyes de la gravedad. En lo alto de la escalinata, un señor vestido con una túnica y con un halo alrededor del pelo rizado y canoso alarga la mano derecha para acercarla hacia él. La agarra de la cintura y, de repente, la besa apasionadamente. Al terminar el beso, ella se vuelve y me mira como si quisiera romper la cuarta pared por un instante. Coge las llaves que él guarda en el bolsillo y se da la vuelta para abrir un portón vasto y ostentoso que queda a sus espaldas.

Cuando me doy cuenta de que se va a ir, corro para subir las escaleras y trato de alcanzarla. Pero no puedo. Al intentar dar la primera zancada, mi cuerpo se siente caer y me despierto con un sobresalto en mi cama del piso sin ascensor en el barrio de Lavapiés.

Este primer sobresalto va seguido de un segundo, cuando me doy cuenta de que no estoy sola en la cama. Ahí está Gael, el chico guapísimo que llama «piza» a las pizzas y que no se molesta porque una desconocida se ría de ello.

Trabaja en una empresa en la que reasignan el descarte alimentario de grandes superficies a comedores sociales. Es gallego, vive en una aldea de Pontevedra y está de visita en Madrid por un festival de música tecno. De beber pide agua con gas y colecciona películas en formato físico. Cuando se ríe, saca un poquito la lengua de manera sutil pero tierna. No toma café. Le encanta cocinar y dice que la tortilla de patatas es su especialidad. Siempre lleva el móvil en silencio, por lo que nunca será un buen contacto de emergencia.

Son las siete menos cuarto. Miro al chico, que aún tiene los ojos cerrados, y pienso que anoche fue divertido. Hablamos de las películas de Wes Anderson, de las corrientes oceánicas del planeta, de drogas, de la muerte y de traumas de la infancia. Nada mal para una primera cita improvisada. Acabé invitándole a casa porque la vida es demasiado corta para no hacer lo que te apetece por miedo a no corresponder al puritanismo.

Desde el funeral, he estado pensando en esa creencia heredada de Hollywood de que los muertos se quedan pululando a nuestro alrededor en forma de espíritus y ahora no puedo quitarme de la cabeza a mi abuela siendo una *voyeur* privilegiada del polvo de anoche con un desconocido.

Paseando de camino a casa hablamos también del amor —quizá la intensidad estaba muy alta para ser un primer encuentro— y de cómo es revolucionario. Es querer compartir el postre, es tener el doble de miedos, es revolcarse en la ternura. El amor es voluntad. Es vulnerabilidad, son los minutos compartidos en silencio durante los créditos de una película, es apagar incendios teniéndole miedo al fuego. El amor es antisistema, es lo contrario al capitalismo, es mirar por el otro y no por uno, es compartir. El amor es, por definición, de izquierdas. Porque el burgués es egoísta, narcisista, es el culto a lo prescindible, es menos amor. Y, en cambio, el proletario y pobre es necesariamente generoso en lo esencial. Entre compartir un crucero de lujo o una sopa de cebolla, yo tengo claro en qué sopera está el amor.

Gael rueda en la cama y emite un sonido parecido al que haría un felino recién nacido. Abre un ojito, me mira y sonríe. Sin incorporarse, busca con su mano la mía y se pone a acariciarme la palma con movimientos circulares. Se me encienden los dedos, se me eriza el cuerpo, mis ojos pasan de cuarto creciente a luna llena en un instante. Por un momento, parecen desaparecer las normas sociales y nos entregamos a un delirio bidireccional.

La pasión siempre ha sido para mí una asignatura pendiente. Nadie nos enseña a defenderla, a acarrearla ni a amarla. En especial siendo mujeres. El sexo ha sido demasiados años un tabú para mí. Empecé a masturbarme muy pronto: me rozaba con peluches, me frotaba contra los picos de las mesas, me tocaba por encima de las braguitas hasta que se le hacían hoyuelos, las tiraba en las papeleras que hay en los semáforos y le mentía a mi madre diciendo que me las había dejado en el vestuario de las clases de natación.

Siempre he mentido en cuanto a todo lo relativo a mi sexualidad: mentí sobre mi primer beso —que fue con una niña en una casita del parque— porque en las pelis las princesas no se besaban con otras princesas, mentí cuando a mi prima y a mí nos preguntaron si habíamos visto las cintas VHS que encontramos en la cajonera de mi tío Tomás, mentí en el ginecólogo cuando me preguntaron delante de mi madre si había perdido la virginidad.

He mentido durante años a todos los hombres con los que me he acostado fingiendo que había tenido orgasmos que no habían sucedido para irme antes a dormir.

Mentí anoche cuando dije que me meaba muchísimo para ir al baño nada más entrar en casa y pasarme la cuchilla porque aún cargo la imposición patriarcal de sentir vergüenza si tengo el vello del pubis demasiado largo.

La sexualidad, para la mayoría de las mujeres, es mentir constantemente.

Y lo peor es que somos del todo conscientes. Eso me entristece y me da ganas de darme una hostia por ello a partes iguales.

Gael va subiendo poco a poco la pasión de nuestros besos cuando veo la hora en la Alexa de mi mesilla.

—Me tengo que ir... —digo con un cariño escurridizo. Tengo la reunión del nuevo fichaje a primera hora y Bea me va a matar como llegue tarde.

—Me visto y te acompaño al metro —dice Gael seguido de un último beso corto que parece cerrar el capítulo.

¿Así, sin insistir ni nada? ¿Ha entendido un

«no»? ¿Sin chantajes emocionales por quedarse a medias ni excusas de que se va a quedar todo el día con dolor de huevos? No hace ni veinticuatro horas que he conocido a este chico, pero parece que lo hace todo fácil. Qué miedo. Estamos tan poco acostumbradas a dar con hombres así que encontrártelos de repente acojona. Es como estar delante de un lince ibérico sabiendo que en unos diez años se habrá extinguido de la faz de la tierra.

Bueno, ya está. Lo último que necesito es alguien que me desestabilice más todavía. Gael se irá a Galicia esta misma tarde, yo no volveré a verle jamás en la vida y me pasaré meses fantaseando con la idea de un romance imposible que nunca fue. Un poco de distracción mental me viene bien, que últimamente lo de decepcionar a mi abuela muerta al no cumplir su último deseo tenía el monopolio de mis pensamientos autodestructivos y la variedad siempre se agradece.

—No hace falta, quédate. El estante de arriba de la cocina es el mío. Hazte unas tostadas y desayuna tranquilo. Con que cierres de un portazo antes de irte está bien.

—No, Lula; me bajo contigo, no te preocupes —dice mientras se levanta de la cama de un salto y se pone los vaqueros gastados.

—En serio, que me voy pitando —insisto mientras meto en el bolso un colorete y un pintalabios con los que me maquillaré en el metro usando la cámara delantera—. Creo que tengo zumo en la nevera. Y en la segunda balda, al fondo, hay unos cruasanes. No sé si ya han caducado, pero si siguen blanditos, puedes comértelos.

—Cruasanes comemos el finde que viene juntos en Francia, ¿no?

Mi cara cambia de color.

—¿Qué?

—Es broma, Lula. Perdona... —se disculpa sin entender mi repentino shock—. Anoche, antes de quedarnos dormidos, me dijiste vacilando que si te acompañaba a Francia, me pagabas en cruasanes... Pero, vamos, que no me lo tomé en serio. Solo estaba siguiendo esa broma, lo siento si te ha molestado...

—No, no, tranquilo. Solo que no me acordaba de habértelo dicho y de repente me has parecido adivino —digo ocultando la sorpresa por la jugada de mi subconsciente—. Me voy, ¿vale?

—Claro, cierro de un portazo —responde con una mirada en la que intenta leer todas las cosas de mí que le desconciertan.

¿Por qué le diría eso a Gael anoche? No voy a ir a Lourdes. No tiene ningún sentido que peregrine a un lugar en el que se supone que apareció una virgen en la que no creo. No lo hubiera hecho con ella aquí y no quiero hacerlo sola. Además, si fuera, ahora parecería que lo hago por un tío y no por ella. Si hubiera una mínima y remota posibilidad de que yo me subiera a ese autobús el viernes, lo haría por ti, abuela. Y no por echar un polvo en una casita de campo de la campiña francesa mientras bebo un *château* y como camembert y roquefort.

Mierda, joder, ahora empieza a sonar apetecible.

Que no, que no voy a ir.

—Lula.

—Dime.

—No creo en Dios.

—¿Qué?

—Que anoche también me preguntaste si era creyente... No, no creo en Dios, pero él tampoco cree demasiado en mí la mayoría del tiempo. Creo que estamos en paz.

10

Voy sentada en el metro. He entrado directamente en el vagón sin hacer contacto visual con nadie para no sentirme mal por no ceder el asiento a los octogenarios. Perdonadme. Quitadme el carnet de buena ciudadana. Restadme puntos del carnet de buen ser humano. Que Toñi Moreno devuelva el ramo a la floristería porque ya es definitivo: no soy una persona maravillosa.

Hoy necesito este asiento. Creo que he dormido como mucho cuatro horas y si quiero sobrevivir a las tres reuniones que me esperan este viernes de agosto, necesito que mi culo descanse un rato en posición horizontal.

Mi parada es la siguiente. Me quito las legañas, me pinto los labios y me echo unas gotas de una muestra de perfume que tenía tirada por el bolso. Huelo a señora que trabaja en un anticuario y que compra polvorones de los de cuarenta euros el kilo. Es probable que nadie lo note, pero yo arrastraré todo el día esta sensación de estar sucia, como si los demás pudiesen detectar nada más verme que está claro que hoy no me he duchado.

Llego tarde al trabajo, pero con Patri de baja Bea no se puede permitir echarme la bronca. Empezamos la reunión a las nueve y diez, a y media ya hay una joven rubia fichada en nuestra cartera de representación y un futuro juguete roto más en la industria. Bea le ha dado las claves para ganarse la vida como modelo y la ha convencido solo con hacerle creer que pertenece a ese mundo. Es mentira: nadie pertenece a él. Sobre todo porque «ese mundo», el de la moda, los eventos y las cenas de gala, es un terreno no edificable. Si quieres hacer ahí tu casa, se te pudrirán los cimientos. Es una parcela con una única salida de emergencia que da a un barranco. Para el mundo de las apariencias, todas vamos a ser un día demasiado gordas, viejas y feas; y si cuando llegue ese momento tú te has creído que estabas asentada en tu hogar, será mucho más doloroso el desahucio.

Bea acompaña a su nueva Polly Pocket a la puerta y cuando la cierra a su marcha, me guiña un ojo. Yo me siento cómplice del mismísimo diablo.

—Lula, gran trabajo —dice mientras se acerca a mí—. Te estás ganando ascender y ser mi mano derecha.

«Pues ojalá te quedes manca», pienso mientras le esbozo la más falsa de las sonrisas.

—Te quería pedir, porfa, si puedes sacar a Prada a pasear. Esta mañana no me ha dado tiempo y la noto nerviosa. Nada, un paseíto de quince minutos y te vuelves.

Cuando estudié ADE, lo último que pensé es que entre mis salidas laborales estaría la de paseadora de un bichón maltés.

No me gustan los perros. Creo que la mitad de la población me odiaría si me escuchase decir esto en voz alta, pero es la verdad. No es que los odie, pero tampoco quiero estar a menos de un metro de ellos. Quizá tenga que ver con que de pequeña me mordió uno. Recuerdo perfectamente que estaba en el parque de al lado de casa de mis abuelos cuando un pastor alemán que se había escapado de una casa cercana vino corriendo hacia el columpio en el que yo estaba montada. Me asusté y corrí. Y él vino detrás. Por supuesto, un perro de cuarenta kilos corre más que una niña de nueve años. Se me echó encima y me atrapó el brazo con la mandíbula. Mi abuelo salió corriendo al escuchar mis gritos, me recogió del suelo y me llevó a casa en brazos.

Recuerdo llorar desconsolada, tumbada en el regazo de mi abuela mientras ella me echaba Betadine en las heridas con una mano y me acariciaba el pelo con la otra. En ese momento me dijo unas palabras que no olvidaré jamás: «Lula, huelen el miedo. Hay que plantar cara y no huir nunca. El único modo de desorientar a alguien que está preparado para atacar es atacando».

Pienso que quizá no es a los perros, que en realidad odio a los dueños que no se hacen responsables de ellos. Al fin y al cabo, aquel pastor alemán cumplía con su misión en la naturaleza: asustar y morder a niñas. Quien no había cumplido su obligación de tener atado a aquel bicho era su dueño.

Esa frase de mi abuela me ha acompañado en muchos momentos de mi vida. La recordé con doce años el día que las niñas de mi clase hicieron un corro a mi alrededor para tirarme de las trenzas y acabé en el despacho de la orientadora por darle un bofetón a una de ellas. La recordé el día que los amigos de mi prima me ofrecieron un cigarro y, al decirles que no fumaba, se empezaron a reír y a echarme el humo en la cara y yo cogí el cigarro y se lo apagué a uno en la palma de la mano. Y la recordé el día que, con veintidós, en mi fiesta de graduación de la carrera, un compañero abusó de mí.

Entonces me sentí frágil, sola y sucia.

Frágil porque mi cuerpo, esa noche, no tenía piel, ni músculos, ni sangre. No era cerebro, ni manos, ni ombligo. Era el esqueleto de un pajarito. Los huesos de una de esas aves pequeñas que sientes que puedes matar si aprietas fuerte las manos. Un pequeño pajarito de esos que comen los ricos en los festines a pesar de estar penado, porque el poder está por encima del bien y del mal. Esa noche yo no era humana y mi cuerpo no se sentía ni cuerpo ni mío.

Sola porque, hasta años después, nunca se lo conté a nadie. Lo cargué en silencio porque el dolor era tan fuerte en cuerpo propio que no quería herir un cuerpo ajeno al traspasarlo. Cuando por fin lo verbalicé, me di cuenta de que no era la única que había sufrido algo así. Tantas mujeres a mi alrededor tenían historias similares. Me sentí comprendida y abrazada. Me liberé del mayor de los juicios, que es el propio. Qué injusta y nociva la mezcla de alivio y rabia al saber que no eres la excepción, sino la regla.

Sucia porque mi cuerpo se sentía carne en descomposición. Me hubiera lavado con lejía de haber podido. Días, meses, años después seguía incómoda en mi piel arrebatada, fluorescente. Como si todo el mundo supiera lo que había pasado al verme. Como si llevase una letra escarlata cosida en hilo rojo a la espalda.

Tardé muchísimo en quitarme una culpa que no me pertenecía. Ese día me paralicé. Aunque quise, no ataqué. Me mordió el perro y me pasó la rabia. Y me costó años entender que no lo hice porque no podía y que nunca, en ningún caso, la culpa sería mía.

Es curioso toda la angustia que puede atesorar un cuerpo tan pequeño.

Hoy pienso en esa Lula y solo quiero dos cosas: la primera abrazarla y decirle que no está sola. La segunda: quemarlo todo.

Yo no perdono.

El perdón para quien necesite comprar un tíquet a la vida eterna.

Yo me perdono a mí; a él, no.

Sé, abuela, que estas palabras te dolerían. Que el perdón al prójimo es uno de esos mantras que seguís los tuyos a rajatabla. Sé que me dirías que perdonar nos redime y nos sana. «Amarás a tu prójimo, pondrás la otra mejilla, perdonarás setenta veces siete». Al parecer, Jesús tenía una paciencia infinita, lo cual es admirable. Yo no soy Jesús. Soy una mujer moderna, funcional en apariencia y rencorosa en esencia. Si el rencor es veneno para el alma, yo lo guardo en la nevera en una botella artesanal de diseño con etiqueta de lujo.

Me enfada la insistencia colectiva en que «hay que perdonar para sanar», como si el enfado no tuviera un propósito legítimo. Porque, siendo honesta, hay personas que no merecen el perdón, sino un curso intensivo de autoconciencia y, quizá, una experiencia cercana a la muerte para valorar la vida y dejar de ser unos necios. Sobre todo porque hay algo que la gente olvida decirte sobre el perdón: no siempre viene con justicia incluida. Y yo, sinceramente, prefiero la justicia antes que andar por la vida con el aura limpia.

Estoy bien, te lo prometo. Estoy en paz. Yo ya no quiero su perdón. Quiero una transferencia anual de los 1.750 euros que me dejo al año en terapia.

Bea me trae a Prada con su correa de pedrería rosa y esta me empieza a mordisquear las sandalias. A veces me pregunto si en mi contrato laboral había una cláusula que decía: «Disponible para cualquier gilipollez». Pero lo cierto es que no lo leí entero porque, siendo sincera, ¿quién lo hace?

En cualquier caso esa es la mayor virtud de mi jefa: haber conseguido que un empleo más o menos decente en la teoría se haya convertido en un servicio de asistente personal con un toque de esclavitud moderna en la práctica. Y lo ha logrado con frases como «Es un trabajo en equipo» o «Aquí todos ponemos de nuestra parte», que en realidad significan «Cumple sin quejarte».

—Bea, no lo voy a hacer.

—¿Perdona?

—Eso. Que tengo trabajo que sacar adelante y que si quieres que Prada pasee, la saques tú. Yo voy a cumplir mis horas y me voy a casa, que no tengo ningún interés en convertirme en tu mano derecha. Ah, y que no sé si te habías dado cuenta, pero eres zurda, Bea.

11

Muchas veces me descubro a mí misma mintiendo.

No con cosas graves, sino por resorte. Por salir del paso. Por hacer las cosas más sencillas. Por acotar.

Y creo que todo empezó con los secretos.

Siempre he pensado que hay algo extraño en cómo los adultos hablan de los secretos con los niños. En realidad, en la manera en la que tratan con ellos casi todos los temas, pero en mi caso este es especialmente traumático.

Afirman que guardar un secreto es un acto de madurez, una especie de prueba de confianza, como si tu lealtad dependiera de cuán bien sepas tener la boca cerrada. Pero lo que no te explican cuando eres un niño es que la mayoría de ellos no son secretos, sino mentiras. Y de repente te encuentras con seis años jugando a ser la centinela de un tesoro que no pediste, mientras un nudo crece en tu estómago porque entiendes, aunque no sepas cómo decirlo, que están pidiéndote algo mucho más grande: que mientas por ellos. Los adultos rara vez llaman a las cosas por su nombre cuando hablan con críos. Y aunque antes de dormir nos sermoneen con que no hay que decir mentiras, en el mundo real son ellos quienes nos incitan a engañar: «Cariño, vas a decir que tienes nueve años en lugar de doce porque los niños entran gratis en el museo hasta esa edad». «¿Verdad que te acuerdas de Elena, la prima de papá?». «Nosotros nos vamos a ir yendo porque la niña está agotada, ¿a que sí, amor?».

En mi caso, el primer secreto que guardé fue Dios.

La Biblia ilustrada para niños era el único cuento que había en casa de mis abuelos. Yo siempre quería leerlo. Mi abuela solía sentarme en un cajón acolchado al lado de su mecedora y, mientras ella cosía paños de cocina, yo le preguntaba más sobre Eva, Adán, Caín y Abel. Quería conocer todos los detalles para después jugar a mamás y papás replicando sus historias con mis barbies. Ella tenía una manera sencilla, casi mágica, de hablar de Dios; como si lo conociera personalmente, como si fuera el vecino amable del tercero derecha que siempre estaba dispuesto a ayudar. Yo no entendía mucho, claro, pero me encantaba escucharla recitar avemarías mientras rebozaba las croquetas o narrar historias de santos con una voz tan dulce que parecía imposible que hubiera otro Dios que no fuera el suyo.

Las tardes con mi abuela eran casi litúrgicas. Como si los colores se saturasen y el brillo se disparara entre esas cuatro paredes con gotelé.

Sin embargo, cuando el teléfono fijo de casa sonaba y oía a mi madre al otro lado de la línea decir que en diez minutos pasaría a buscarme, todo se tornaba sepia de nuevo.

Esa magia, esas historias de un hombre que caminaba sobre las aguas o de aquel otro que construía barcos para miles de animales se guardaban bajo llave. «Lula, esto es nuestro secreto» y se echaba la cerradura.

Nunca le reproché a mi abuela ninguno de sus intentos por inculcarme la fe. Pero sí que fueron una grieta en mi familia un día.

Una de esas tardes, después de la llamada de teléfono rutinaria de mi madre, mi abuela me pidió que la acompañase a su habitación. Se acercó a la mesilla y sacó un ovillo de tela de unos quince centímetros de largo. Lo puso sobre la cama y empezó a desenvolverlo: era un brillante crucifijo de plata sobre una base de mármol blanco.

—Es para ti, cariño. Guárdalo en tu cuarto y rézale por las noches como te he enseñado. Cántale las canciones que hemos aprendido en misa. Eres una niña muy especial, y Dios lo sabe.

—¿Dónde lo guardo, abuela?

—En alguna caja de zapatos o debajo de la cama. No porque haya que esconderlo, pero creo que a mamá y papá no les gustaría verlo... Y no queremos ponerles tristes, ¿verdad? Es nuestro secreto, Lula.

Asentí y guardé el crucifijo en la mochila del cole.

Al llegar a casa, escondí la figurita dentro de una de mis botas de agua y esperé el momento perfecto en el que pudiese rezarle a solas como mi abuela me había enseñado. Pero mi madre siempre me contaba cuentos hasta que me quedaba dormida, así que las noches pasaban y mi secreto empezaba a pesar: aquello era como tener escondida en el armario una cría de gatito a la que no le estaba dando de comer. Me empezó a generar nerviosismo la idea de que Dios podía estar ahí, esperando que alguien le hablara, enfadándose más y más conmigo.

Una noche fingí que me quedaba dormida escuchando el cuento de los siete cabritillos y cuando mi madre me dio el beso de buenas noches en la frente y cerró la puerta yo me levanté corriendo a buscar mis botas de agua. Con una hoja arrancada de un cuaderno y un lápiz mordido, dibujé mi propia versión de una virgen: un rostro ovalado, manos juntas y un halo más bien regulero. Escribí el Padrenuestro tal y como lo recordaba y me dispuse a recitarlo.

No sé cuántas noches pude hacer mi rocambolesco y aburrido ritual, pero mi madre tardó varios meses en encontrar la cruz de plata dentro de la bota.

—Lula, ¿cómo ha llegado esto aquí?

—No... no lo sé —dije verbalizando mi primera mentira.

Mis padres me pidieron con todo el tacto del mundo que les contase lo que había pasado. Y yo, como buena creyente, me confesé. Les hablé de Adán, de Eva, de los avemarías y de Dios. Pero aquí no había secreto de confesión.

Al día siguiente, papá fue a casa de los abuelos y desde entonces todo cambió. Estuvieron meses sin hablarse. Cuando volví a visitarlos, nunca me quedaba a solas con ellos, siempre venían mi padre o mi madre conmigo. Mi abuela prometió no sacar nunca más el tema y cambió las historias de Caín y Abel por las de la liebre y la tortuga. Jamás volví a leer *La Biblia ilustrada para ni-*

ños ni acompañé a misa a mi abuela ni una sola vez más.

—Abuela, ¿estás enfadada conmigo? —le dije un día que nos quedamos a solas en la cocina.

—Jamás, mi amor. Me he equivocado y lo siento. Pero no te preocupes, tú y yo siempre vamos a estar juntas, ¿verdad?

—Siempre.

Si alguna vez tuve fe, después de aquello la perdí de golpe. A partir de entonces nunca más hablé con Dios antes de acostarme. Pero hablaba con mi abuela. Y en mi imaginación compartíamos esos ratitos que Dios nos había arrebatado.

No fue hasta unos años después que entendí realmente lo sucedido. Entendí el enfado de mis padres y, aunque no entendí las decisiones de mi abuela, las perdoné. Igual que lo hicieron ellos.

Años después, volví a esconder en mi zapatero otro objeto de quince centímetros para que no lo encontrasen mis padres. Este, a diferencia del otro, llevaba pilas.

Pero bueno, esa es otra historia.

12

Estoy montada en el coche de Vega con un antifaz en los ojos. Cuando Eli y ella me dijeron que les reservase el sábado para celebrar mi cumpleaños, lo último que esperaba es que tocasen el timbre a las nueve de la mañana para prácticamente secuestrarme, meterme en un coche y llevarme a un destino secreto a cuarenta y siete minutos de Madrid.

La M-40, un disco de Estopa y un par de gritos a conductores temerarios suenan de fondo mientras nos ponemos al día.

Escuchamos a Eli fascinadas mientras nos cuenta todos los síntomas de su embarazo, los nombres que tienen pensados si es niño o niña y cómo sus preocupaciones se han multiplicado por cien desde que el test dio positivo. Me acuerdo mucho de Rigoberta Bandini y de cómo decía que ser madre es sentir que te salen tentáculos del cuerpo. Nos cuenta también de la guerra abierta con Jose por qué apellido poner primero. Resoplo. Todos los hombres son muy feministas hasta que tocas el linaje de su familia. Somos nosotras a las que nos cambia el cuerpo y el cerebro para siempre, estamos nueve meses con náuseas y vómitos, nos sale leche de los dos pezones a la vez y sacamos a un espécimen de cuatro kilos por el coño y, sin embargo, ellos lloriquean por no poder ponerles su «García» primero. Por Dios, ni que el mundo se fuese a quedar sin Garcías.

Vega está emocionadísima por su película. Ha sido un proceso de filmación increíble, han cumplido tiempos —cosa que no pasa jamás en un rodaje— y ha tenido un pequeño *affaire* con una de las sonidistas. Una historia intensa con una catalana moderna que sospechamos que tiene una relación poliamorosa. A Vega la llamamos con cariño «la floristera» por su increíble capacidad de meterse en jardines.

—Tías, acabábamos de rodar, nos despedíamos de todo el equipo y quedábamos a los veinte minutos en una cafetería cerca del hotel. Era como una doble vida.

—Cuádruple en su caso —dice Eli con tono impertinente. Creo que nada le gusta más en el mundo que sacar a Vega de sus casillas.

—Eli, tienes que abrir la mente. Suenas como tu madre.

Por supuesto, no hay nada en el mundo que le guste más a Vega que sacar de sus casillas a Eli. Son como el gato y el ratón, pero un día una es Tom y al siguiente es Jerry.

Yo, si soy sincera, también creo que esto va a acabar como el Rosario de la Aurora, pero a Vega su psicóloga le dijo que tenía que aprender a soltar, que dejase de bloquearse si no lo tenía todo bajo control y que fluyera; y en ello está. Y lo está haciendo de manera absoluta. Supongo que ser amiga también es apoyarse en las malas decisiones.

Además, si no ya pondremos un colchón cuando vaya a darse la hostia.

Yo les cuento sobre un verano insípido protagonizado por la muerte, el glutamato y el perro de mi jefa. También les hablo de Gael y esa noche apasionada. Se enamoran de él, de esa noche fugaz, y me acaban echando un rapapolvo por haberle contestado únicamente con el emoji del pulgar cuando me dijo que ya había cerrado de un portazo la puerta de mi casa y no haberle escrito ni un mensaje desde entonces.

—Lo retiro, Eli, esta sí que parece su madre. ¿El emoji del pulgar? Lula, eso es lo más antisexy que existe. Yo, directamente, te hubiera bloqueado.

—No sé, tampoco tenemos tanta confianza —digo sabiendo que es la peor excusa que puedo contestar.

—¿Tienes confianza para que te coma el coño pero no para contestarle un mensaje? Por favor, eh. Entre la una y la otra, esta cosa que llevo en la barriga va a crecer sin primos, ¡a ver si nos centramos un poquito, chicas!

El gato y el ratón se alían y acaban con el perro. Me hacen un análisis psicológico y se explayan, sobre todo en mi miedo irremediable a que me quieran bien y a sentir que soy merecedora de amor. Es cierto que he heredado algún que otro trauma adolescente, pero yo creo que en este caso es más sencillo: sí, el chico es mono, pero mi cabeza está en otras cosas ahora mismo.

Lo que para ellas es una clara muestra de autosabotaje, para mí es simplemente un jardín en el que no quiero meterme. Igual me da un poco de pereza el amor. Igual estoy desencantada. Igual quiero quedarme soltera para siempre. Pero claro, decir eso a dos personas tan románticas como Eli y Vega es como afirmar que la Tierra es plana en una convención de astrónomos. Me mirarán con el escepticismo y la determinación de quien está dispuesta a «sanarme» a base de discursos motivacionales y análisis freudianos de Wikipedia.

—¿Y si solo te dejas querer? —pregunta Vega, como si el amor fuese una bufanda que una se pone y ya.

—¿Y si simplemente no me apetece? —respondo, sabiendo que mi lógica quedará descartada de inmediato.

Porque para ellas todo tiene un trasfondo, una herida oculta, un mecanismo de defensa. Que yo diga que no me apetece no es válido, tiene que haber un trauma subyacente que explique por qué no salto de emoción al ver que un ser humano con potencial atractivo está interesado en mí.

Quizá tienen razón, quién sabe. Una vez leí que «los hombres buscan mujeres que ya no existen, y las mujeres quieren hombres que todavía no existen». Y quizá sea eso. Tal vez es un desencanto mayor, una pérdida de fe en el género masculino. Quizá sí que hay algo roto en mi código emocional. O tal vez es solo que tengo cosas más importantes en la cabeza, como el trabajo, que me dé para pagar el alquiler o qué voy a cenar esta noche.

Noto que el coche empieza a hacer maniobras de aparcamiento y me pongo un poco nerviosa, ya se me había olvidado que estábamos de camino a mi sorpresa de cumpleaños. Una vez apagado el motor, Vega abre la puerta y me da las manos para sacarme del asiento trasero.

—¿Puedo quitarme ya el antifaz?

—¡Todavía no! Pero escucha, escucha.

Me concentro en los sonidos que me rodean. Oigo un viento fuerte que mueve el sonido de las hojas, escucho a un mirlo trinar, no se intuye ni un sonido de semáforo... Sin duda, estamos en un entorno natural.

De repente, me sobresalto cuando suena a todo volumen por los altavoces del Seat Ibiza de Vega la canción «Salta» de Tequila.

—¡Vamos a saltar! —me dicen al unísono mis amigas quitándome el antifaz de los ojos.

—¿Cómo que a saltar?

—Puenting, tía —me dice Vega emocionada. Desde luego, esto de soltar y fluir que le recomendó su psicóloga lo está llevando a rajatabla.

—¿Cómo que puenting? A mí el único *petting* que me gusta es ese que haces de adolescente cuando te magreas con tu novio.

—¡Venga, va, Lula! Va a ser divertido. Además, a mí en mi estado me da miedo hacerlo, así que yo os grabo y así nos queda de recuerdo —dice Eli, como si de alguna manera se hubiera atrevido a saltar si no llevase un proyecto de ser humano dentro.

No sé ni cómo, pero de repente estoy abrochándome un casco cutre y blanco que claramente no me protegería de nada si esta cuerda se soltase mientras un muchacho me coloca un gran arnés alrededor del cuerpo.

—Tú primera, que es tu regalo de cumpleaños —dice Vega, que de repente parece tener más miedo que ninguna.

Miro a Eli, que me hace un gesto de aprobación desde lo lejos sonriendo efusiva y con el pulgar levantado. Si me muero al caer de este puente, lo último que veré del mundo será un pulgar arriba. Qué horror. Es el peor último fotograma de la historia. Igual sí que debería escribirle otro mensaje a Gael.

El monitor nos explica cómo y cuándo saltar, pero yo no escucho nada. «Este es el regalo de mis amigas y voy a hacerlo. Puedo hacerlo», me digo a mí misma. Tengo que hacerlo. No puedo rechazar y huir de dos regalos de cumpleaños el mismo mes.

Desde el borde del puente todo parece más irreal, como si el suelo allá abajo fuera un paisaje pintado en un lienzo y no un lugar al que estoy a punto de lanzarme. El arnés me aprieta y es incómodo, pero lo que en realidad me asfixia es la voz de mi cabeza. «Saltar desde un puente, sí, pero coger un maldito autobús, no». Soy una hipócrita. Y una mala nieta.

Cierro los ojos un momento, respiro hondo y los abro de golpe. Los cierro otra vez. Se me entrecorta la respiración con soplidos fuertes e irregulares, intentando de alguna manera despistar a mi propio cerebro de lo que estamos a punto de hacer. Igual en el fondo sí que soy experta en autoengaño.

—¡A la de tres! —grita alguien detrás.

Una, dos... Y antes de llegar al tres, salto. Porque si espero a sentirme preparada, sé que no lo voy a hacer nunca.

13

Pi… pi… pi…

Oigo sonidos de electrocardiograma, ruedines de camillas y voces confusas a lo lejos. Creo que acabo de despertarme, pero por mucho que lo intento, no soy capaz de abrir los ojos. Como si una fuerza mayor me lo impidiese.

¿Estaré muerta?

Joder, qué rabia. No quiero estar muerta a los treinta. Para empezar, ni siquiera he hecho algo remotamente épico como para que alguien escriba un artículo emocionante sobre mí. No harían *trending topic* mi muerte ni se me dedicaría un minuto de silencio en ningún acto público. Además, cuando hablasen de mi fallecimiento, sería digno de salir en un programa de mil maneras de morir. «Mujer valiente salta al vacío y..., bueno, se estampa». Si es que parece el final de una escena de *El Coyote y el Correcaminos.* Mi peor pesadilla.

Además, tengo planes. Muchísimos. La vida de cada persona se divide en dos partes. En la primera, sueñas con las cosas que vas a hacer. Tienes un cronograma perfecto pero dinámico, porque a lo largo de los años va adaptándose en el tránsito desde tu fantasía hasta la realidad. La segunda es cuando las cosas que vas a hacer dejan de ser importantes, y lo realmente sustancial es disfrutar de las que haces. Creo que cuanto más se alargue la primera fase, más feliz eres en la vida. Si a los treinta ya estás en la segunda, eres un fracaso.

Me quiero enamorar y superar ese miedo atroz a que me quisieran que, ahora muerta, veo que está claro que tengo. Quiero comprarme una casa, no por tenerla, porque la propiedad es algo que me es indiferente, sino por el hecho de pertenecer. Ahora me doy cuenta de que lo que deseo no es tener unos metros cuadrados de Madrid a mi nombre por los que pagar IBI, sino una carnicera que me guarde la punta buena del jamón y un bar debajo de casa donde pedirle al camarero «lo de siempre» cada mañana durante años. Lo que quiero es sentir que no estoy de paso. Que mis cimientos en el mundo no son precarios. Que no voy a tener que volver a meter mi vida en el número de cajas de cartón que caben en la camioneta de mi primo Dani si alguien me obliga a ello. Quiero descubrir que soy una madre nefasta y malcriar a mis hijos, ser el ratoncito Pérez y Papá Noel y mentirles con que el zumo pierde sus vitaminas si no se lo toman rápido, perder los papeles con el árbitro de los partidos de los domingos y generarles traumas porque es la única manera posible de educarlos. Y tratar de compensarlo con amor, que al final siento que es lo único que un niño necesita.

Tampoco me parece nada justo morirme en leggins y deportivas. ¿Qué clase de fantasma voy a ser? ¿Uno que parece adicto al crossfit? ¿Que murió en una media maratón? Este *outfit* no me representa en absoluto. Y ni hablar del hecho de que me muero sin haber dejado mi mierda de curro. Quiero decir, si alguien va a leer mi bandeja de entrada después de mi muerte, al menos me gustaría que pensara que era lo suficientemente valiente como para haber enviado ese correo electrónico en el que mandaba a la mierda a mi jefa. Ahora esas palabras se quedarán en borradores para la eternidad y yo estaré cotizando hasta el fin de los tiempos. Ya me jodería.

En este instante, mi madre y mi tía estarán preparando mi funeral. ¿A quién habrán invitado? ¿Vendrá mi ex? ¿Quién de mis amigas llorará más? Agosto es un mal mes para morirse, la convocatoria va a estar complicada porque voy a partirle a todo el mundo las vacaciones. Creo que es más compromiso incluso que una boda. Y eso que yo no voy a cobrar doscientos euros por barba. De repente empiezo a plantearme la logística de mi propio velatorio: mi tía, con su gusto por las apariencias, seguramente querrá algo sobrio pero elegante. Unas flores blancas, una buena madera de caoba, quizá hasta contrate a alguien para asegurarse de que la gente llore con la intensidad adecuada, como hacían las plañideras. Vega y Eli estarán destrozadas. Y vendrán borrachas. O eso espero. Me imagino a Mauro con esa expresión compungida de quien está calculando si es apropiado hacer un comentario nostálgico sobre nuestra relación. Y seguro que alguna compi del trabajo se plantará allí y llorará de manera escandalosa en un arranque de dramatismo que en realidad tiene más que ver con su propia crisis existencial que con mi muerte.

No, no quiero estar muerta a los treinta. Tengo demasiados asuntos pendientes, y ni uno solo de ellos es lo suficientemente trascendental como para que pueda irme en paz.

Noto un movimiento en la piel de la cara y de repente puedo abrir los ojos. La luz es cegadora, pero vislumbro una figura. Empiezo a enfocar la vista mientras me froto los ojos. ¿Por qué san Pedro se parece tanto a mi amiga Eli?

—Tía, estás roncando mucho —dice aguantándose una carcajada.

—Joder, Eli. Pensaba que me había muerto

—contesto pensando que el descubrirme viva me haría más ilusión de la que me está haciendo.

Vuelvo a ser de carne y hueso y noto que esa presión que antes tenía sobre los ojos ahora me presiona la frente.

—¿Por qué llevo puesto esto?

—Me parecía gracioso grabarte roncando con un antifaz en una sala de espera de un hospital, así que como lo tenía en el bolsillo, te lo he puesto cuando te has quedado sopa. No voy a subirlo a ningún lado, pero te juro que este vídeo nos haría millonarias.

Siempre me levanto desorientada de la siesta, pero nunca tanto como para haber imaginado todos los detalles de mi velatorio. Aunque si soy sincera, creo que cualquier chica ha imaginado en algún momento de su vida todos los detalles de su funeral.

Vale, parece que me acuerdo. Vega no llegó a saltar del puente. Se puso a dar brincos para calentar antes del salto con la mala suerte de tropezar con una de las cuerdas y torcerse el tobillo. Uno de los monitores llamó a una ambulancia y Eli y yo tuvimos que ir en nuestro coche detrás de ella hasta el hospital más cercano. Ahora estamos en la sala de Urgencias del Universitario de Guadalajara esperando a que salga de Triaje.

Si esperar ya es una tarea agotadora, hacerlo en un hospital es exhaustivo. Lo que más odio de los hospitales es su olor. Me marea esa mezcla de antiséptico y detergente industrial. Ya me pasaba cuando iba a clases de natación. Quizá por eso nunca aprendí a nadar demasiado bien. Los hospitales y las piscinas públicas huelen a intentar no ahogarse, y ese siempre es un olor desagradable.

Me levanto de esta silla y trato de buscar algo que me sacie el hambre voraz que tengo. Me estiro un poco. Estoy segura de que las sillas de los hospitales están diseñadas para ser incómodas a propósito. Sentirse —y sentarse— a gusto en un hospital es un acto de osadía que sobrepasa las lindes de lo moralmente aceptable, y los diseñadores lo saben. Todo el mimo que le ponen a las butacas rojas de un teatro se lo quitan a los asientos de las salas de espera. Porque si hay algo innegable es que el arte es el antónimo de la enfermedad.

Veo a lo lejos una máquina expendedora y me acerco a ella. Pulso las teclas tres y cuatro y espero paciente a que el mecanismo ruede y mi KitKat salga disparado. Ahora sí que me alegra no estar muerta, porque si de algo estoy segura es de que en el más allá no hay máquinas expendedoras de productos altos en azúcares.

Son las cuatro menos cuarto de la tarde cuando Vega sale cojeando por esas dos grandes puertas en las que puede leerse PROHIBIDO EL PASO. Nos mira, mira su pie vendado, vuelve la mirada a nosotras y se empieza a reír. Eli y yo nos contagiamos de esa risa descontrolada.

—Espero que hayas disfrutado la sorpresa que te teníamos preparada por tu cumpleaños —dice con la ironía que la caracteriza.

—El plan, bien; el menú, un poco flojo —le digo esbozando una sonrisa y sacando del bolsillo el plástico de la chocolatina con la que he roto mi ayuno.

Ponemos rumbo a cualquier bar de Guadalajara en el que nos pongan tres cervezas, una de ellas sin alcohol. Comemos croquetas y huevos rotos porque es nuestro menú de batalla cuando no conocemos la cocina del local al que nos enfrentamos. Y nos suele salir bien. Pedimos primero la bebida para que pongan la tapa y, una vez servida esta, procedemos a pedir las raciones. Si lo haces todo en la misma comanda, el camarero suele ahorrarse la tapa de aceitunas o patatillas porque ya te va a traer algo para comer. Pero nosotras no renunciamos a lo gratis. Seguimos nuestra técnica infalible y no fallamos, porque hay muchas cosas de las que no tenemos ni idea, pero ir de cañas no es una de ellas.

Pasamos la tarde charlando, imitando la caída de Vega y arreglando el mundo.

Al final ha sido un cumpleaños bonito. Al menos, solo se torció el tobillo y no se cayó al vacío.

Otro funeral en los diez primeros días de mis treinta es algo de lo que no hubiera podido recuperarme.

14

Crecí en un piso diminuto en el barrio de Moratalaz, donde las paredes parecían tener orejas y los techos se encogían a medida que yo crecía.

El salón, que también hacía de comedor, biblioteca improvisada y gimnasio ocasional para mis intentos fallidos de bailar, era el alma de la casa. Si venían mis amigas, hacíamos Zumba o Batuka para divertirnos, pero si me ponía a practicarlo sola, lo hacía para sudar. Cuanto más empapada acabase, más satisfecha me sentía. Quizá ahí comenzó mi TCA. En el salón había un sofá azul oscuro que chirriaba al menor movimiento con tres honduras que correspondían a nuestros culos, una mesa coja siempre calzada con un trozo de cartón y una televisión que tardaba tanto en encenderse que cuando quería ver los dibujos a la hora de la merienda, los acababa viendo a la de la cena.

Mi cuarto era poco más grande que un armario ropero. Exactamente del tamaño que hoy en día un rentista calificaría como «acogedor e íntimo» para poder ponerlo en alquiler. Las paredes estaban empapeladas con pósteres de Tokio Hotel, Zac Efron o Mario Casas, como si eso fuera una mezcla permisible en cualquier universo. Hoy no están ahí, pero permanecen las marcas donde aquellas cintas de celo arrancaron el gotelé. La cama tenía un colchón tan fino que a veces me preguntaba si no estaba durmiendo sobre las láminas de madera. Cada vez que hoy me dejo cincuenta euros en un fisioterapeuta por cuarenta minutos de sesión, me acuerdo de ese somier.

La cocina era una obra maestra del tetris: cada cacerola, plato y tazón tenía que encajar a la perfección en su lugar o corrías el riesgo de que todo se viniera abajo como un castillo de naipes. Mi madre tenía utensilios de cocina extraños como una panificadora en la que hacíamos bizcochos de yogur o un termómetro de carne que nunca usábamos porque en casa éramos más de pollo, ambos conseguidos tras acumular puntos en el súper del barrio. Mi madre era la reina de las promociones. Si existía la posibilidad de conseguir un electrodoméstico con pegatinas coleccionables o con una tarjeta de fidelidad, podías dar por hecho que terminaría en nuestra encimera. Así fue como nos hicimos con un exprimidor industrial cuando en casa solo tomábamos zumo de naranja en casos de enfermedad o con una yogurtera que estuvo operativa dos semanas antes de quedar relegada a la despensa. Pero a decir verdad, había algo entrañable en esa acumulación de objetos con potencial desaprovechado. Como si mi madre creyera que la felicidad se construía con herramientas y no con la pereza natural de la rutina. Porque, al final, seguíamos comprando el pan, cocinando el pollo sin termómetro y desayunando yogur del supermercado. Pero cada uno de esos cacharros tenía una historia, un intento, una promesa de cambio.

Y eso, en sí mismo, es un tipo de magia cotidiana reservada únicamente para la clase trabajadora.

El horno de casa nunca funcionaba. O eso decían mis padres. Con el tiempo sospeché que era una mentira que me contaban para que hiciera las pizzas Casa Tarradellas en el microondas porque estaba claro que no podíamos permitirnos el gasto que suponía encenderlo.

El baño, por su parte, tenía la peculiar habilidad de convertirse en una sauna cada vez que alguien se duchaba. Los botes de gel siempre se rellenaban dos o tres veces con agua antes de tirarlos para aprovechar cada gotita. El espejo se empañaba tanto que teníamos que dibujar en él con el dedo para encontrar nuestra propia cara. La cisterna del retrete tenía un carácter caprichoso: o no dejaba de gotear o se convertía en las mismísimas cataratas del Niágara.

La felicidad de los niños se basa en ser conscientes de lo que se tiene, de lo que hay. Cuando eso se cuestiona y cobra importancia lo que se desea, es cuando la niñez empieza a desvanecerse. Aquel piso empezó a quedarse pequeño cuando mis necesidades de privacidad adolescente se vieron comprometidas. Antes de eso, si yo sabía que mi casa era pequeña era solo porque algunas de mis amigas tenían espacios más grandes.

—Mamá, he comprado una tarta. ¡La dejo en la nevera! —grito desde la cocina al salón. Y abro la puerta del frigorífico que siempre está lleno, porque así es el frigorífico de una madre.

Visitar la casa de tus padres siendo una mujer independizada siempre es extraño. Todo está igual, pero diferente. Me cuesta pensar que mi habitación se usa ahora de trastero y ya no está mi colonia favorita en el estante del baño. Cada vez que vengo siento como si de alguna manera la casa se hubiera quedado suspendida en el tiempo mientras yo sigo adelante, acumulando llaves de otros lugares que no encajan aquí.

—¡Lula, ven a la mesa, que se va a enfriar el cocido! —grita mi madre.

Es una mujer preciosa de ojos azules y pelo rizado. Siempre tiene las manos frías y el corazón caliente. Odia el cilantro y no sabe mentir. Se crio en el barrio de San Blas y es la pequeña de siete hermanos, por lo que la primera vez que estrenó una camiseta tenía dieciocho años. Nunca deja un libro a medias. Rara vez bebe alcohol. Jamás la he visto borracha, eso seguro. Si cree que te has quedado con hambre, te dirá que está llena para que tú te acabes su plato. Canta en un coro, practica pilates y siempre está enganchada a alguna serie. Es metódica en la cocina. Tarda cuatro horas a fuego lento, pero hace el mejor cocido del mundo.

Venir a casa de mis padres puede ser raro a veces, pero el cocido de mi madre hace que merezca la pena tener esa sensación un domingo al mes.

Sobre mi cama está siempre la guitarra de mi padre. Canta y toca solo para él. Nunca le he visto hacerlo delante de nadie, ni siquiera de nosotras. El instrumento sobre el colchón, acostada siempre como un cuerpo dormido, me lleva a hacerme ilusiones de que me echa de menos. Cuando cumplió los sesenta, mi madre y yo le regalamos una guitarra acústica Fender, que era su sueño.

—Ayer nos llamó tu tía: quieren poner a la venta la casa de la abuela —dice mi padre al terminar de sorber una cucharada de sopa.

—¿Y qué te parece? Sois cuatro hermanos, tendréis que poneros de acuerdo.

—Lula, yo nunca he ejercido de hijo y no lo voy a hacer ahora. Igual que el cariño de mi madre se saltó una generación, lo mismo va a hacer la herencia. Me parece lo justo.

Mi padre es la persona más tenaz que conozco. Nunca he conocido a nadie tan fiel a sus principios. Padece de insomnio y odia hablar por teléfono. Todo su calzado son zapatillas. Siempre lleva un reloj Casio en la muñeca y escribe con pluma. Tiene la especial habilidad de encontrar los mejores vinos del mercado por menos de tres euros. Se crio en el seno de una familia en la que Dios era el centro, así que acabó relegado al margen. Es la típica persona que cocina a ojo, sin medir cantidades e improvisando ingredientes, y siempre le sale bien. Y así lo hace todo en la vida.

—Eres tú quien va a heredar, así que vas a tomar tú las decisiones, Lula. Es lo que hubiera querido tu abuela.

Es extraño como siempre ha sido «tu abuela» y nunca «mi madre». Si un día tengo hijos, no me imagino despojando a mi madre de su título. Sobre todo siendo este un epíteto que te quita todos los demás. Cuando eres madre, dejas de ser mujer, amiga, esposa o amante. Eres madre, para todos y para siempre.

Quizá eso es lo que me da miedo de la maternidad. No tanto tener un niño, sino dejar de tenerme a mí. Y sí, sé que mis padres no han dejado de ser todo lo que son, pero también sé que, desde que yo existo en el mundo, sus prioridades, preocupaciones, planes y amores cambiaron para siempre.

—No sé, por mí está bien venderla. Pero de verdad, papi, eres su hijo: esa herencia es tuya.

—Lula, sabes que no le vas a convencer —dice mi madre sirviéndose vinagre en los garbanzos.

Efectivamente sé que mi padre va en serio. Nadie lo va a sacar de sus trece. Pero me hace sentir rara, como si estuviera cogiendo algo que no me corresponde.

El piso de mi abuela es lo único a repartir en

herencia. No dejó deudas, pero tampoco ningún otro patrimonio o dinero líquido. Es un apartamento en el distrito de Ciudad Lineal que compraron en los años sesenta por cuatro duros. Un tercer piso con dos habitaciones en un edifico al que hace poco le pusieron ascensor.

—Voy a hacer pis.

Me dirijo al cuarto de baño con la vejiga vacía. Lo que estoy a punto de hacer se siente como la mayor de las traiciones: a mí misma, que he ido a todas las manis en contra de la especulación de la vivienda y los pisos turísticos sin licencia; a mi abuela, que casi con su cuerpo todavía caliente estoy tasando las cuatro paredes que han cobijado su vida y a mis padres, que no sé muy bien por qué, con treinta años, me escondo en el baño como una cucaracha para googlear a cuánto está el metro cuadrado en las zonas colindantes a la M-30 a sus espaldas.

Guau.

Vuelvo a la mesa sin apetito. Supongo que es lo que tiene la clase alta en la que acabo de convertirme: que nunca pasamos hambre. Mi padre dice que los ricos están más delgados porque saben que al día siguiente volverá a haber comida en el plato. Los pobres, en cambio, llevamos desde hace generaciones comiendo todo lo que haya, por si mañana no hay. Y eso durante cientos de años, cómo no ha de condicionar la genética.

—Bueno, yo le digo a tu tía que lo que sea, lo hable contigo. Y ya si eso con el pastón que te vas a embolsar, nos invitas un día a cenar. O me compras una Harley Davidson.

—Vamos hablando, papi.

—Como sea, pero deberías pasarte por allí un día. ¿Sigues teniendo una copia de las llaves?

—Sí, mamá.

—Pues, aunque no creo que quede mucho de valor porque ya han pasado por allí todos tus tíos, pásate. Igual queda algún libro que pueda interesarte.

Y de inmediato vuelvo a ser de clase obrera: esa que cuando va a casa de un familiar fallecido, lo más valioso que puede encontrar es un libro y jamás una joya.

15

En una pestaña del ordenador abro el correo electrónico; en otra, el calendario y en una tercera, la web de InfoJobs.

En una de ellas aparece un pequeño círculo rojo con un noventa y siete en el centro. ¿Cómo puede ser que en un fin de semana reciba un centenar de emails? También confesaré algo: estoy suscrita a todas las newsletters y listas de correos de publicidad que puedo. Siempre que me registro en una aplicación nueva, tengo que introducir el mail en una web en la que me van a acribillar a *spam*, o cuando compro unas entradas online, lo hago con el correo del trabajo. Así, cuando un lunes como hoy veo un número muy alto en la bolita roja de la bandeja de entrada, me alivia pensar que más de la mitad se irán a la basura y solventaré la tarea en menos tiempo del que mi cerebro había calculado para ello. Autoengaño, sí. Pero efectivo y recomendable.

Abro la pestaña del calendario y otro círculo rojo está posado en el viernes de esta semana. Lourdes. No voy a ir. No quiero. No tiene ningún sentido que vaya.

Muevo rápido el ratón para pinchar en el icono de internet y confirmo lo que me temía: ninguna oferta laboral disponible es compatible con la dignidad humana.

Cuando pienso que este lunes se va a hacer cuesta arriba, aparece un obstáculo más en el camino: Bea llamando.

Respiro hondo antes de contestar y me preparo mentalmente para un buen rapapolvo. Si de por sí mi jefa ya está de mal humor nada más empezar la semana, después de que me negase a recogerle las mierdas a su perro esta llamada puede ser atronadora. Quizá tenía que haber aceptado. Quizá tenía que haber sacado a pasear a Prada, enseñarle a dar la patita a la orden de «*heil Hitler*» e incluso abrirle una cuenta de Instagram con el usuario @praditalaperrita y subir posts como si fuera ella quien los redactara. Mira que algunas han llegado así a presidentas.

—Buenos días, Lula. Quería pedirte que escribieras a todos nuestros clientes con nuestro portfolio de talentos, de cara a septiembre quiero que nos tengan frescos para futuras acciones. Y no me hagas un CCO, quiero que cada mail vaya personalizado con un par de guiños a acciones que hayamos hecho juntos o eventos en los que hayamos coincidido. Puedes buscar info revisando hilos de correos antiguos, ¿vale? Para hoy, *please*.

Y antes de poder responder, Bea cuelga.

La odio.

Me cago en la perra de mi jefa. Y en su bichón maltés también.

Me cuestiono si este será el peor lunes de la historia cuando noto un chorro de sangre goteándome por la pantorrilla que me lo confirma.

Recuerdo a la perfección la primera vez que me

bajó la regla. «¿Esto es... sangre? ¿Me estoy muriendo?», pensé, con la lógica dramática y exagerada de una adolescente. La respuesta, claro, fue mucho peor: no me estaba muriendo, me estaba «convirtiendo en mujer». O eso me dijo mi madre. O así se lo contó a mis tías por teléfono. «La niña..., que ya es una mujer». Como si no lo hubiera sido hasta entonces. Como si en el recreo no me hubiesen levantado la falda los niños para comprobar que yo tenía algo diferente a ellos entre las piernas. Como si los hombres no me hubiesen mirado por la calle desde los doce años dejando claro que ellos eran una cosa y yo, otra.

Recuerdo fantasear con que esa mancha en mis braguitas fuera el pistoletazo de salida de la vida adulta. Yo solo quería crecer. El síndrome de Peter Pan pero al revés, supongo. Quería huir del instituto. Quería trabajar. Quería coger aviones si me apetecía y saber elegir bien el programa de la lavadora. Quería ir a un museo sola y tener mi propio árbol de Navidad para decorarlo con bolas de color fucsia. Quería tener una cuenta bancaria y una nómina. Y doscientos recibos domiciliados a mi nombre. Quería pagar en cómodos plazos sin intereses, llamar a números empezados en novecientos dos y darme besos con lengua. Jugar a la lotería y romper el boleto enfadada como hacía mi tío Juanjo al comprobar que no le había tocado nada. Leer *El Quijote*. Desayunar un carajillo y pedir un sol y sombra después de comer. Quería tener una caja de herramientas y cambiar yo las bombillas de casa.

Cojo el teléfono, como si pensar en bombillas hubiera encendido una dentro de mi cabecita, y busco en la agenda el contacto de Guille.

—Dime, Lula.

—Guille, ¿estás en casa?

—Sí, estoy de vacaciones obligadas, ¿por? —dice, sabiendo que voy a pedirle algo.

—Podrías venirte y ayudarme a montar el ventilador del techo que compré en rebajas.

—Venga, en veinte estoy allí.

Voy a la cocina a poner a hervir la copa menstrual, me limpio con una toallita húmeda de esas que se autoproclaman biodegradables pero que nunca se biodegradan y me pongo un pantalón corto para que Guille no me pille así cuando venga. Tenemos confianza para que me vea en bragas, pero igual es demasiado hombre como para verme con unas manchadas de sangre y no sentirse violentado por ello.

Doy vueltas alrededor de mi habitación, cuento las baldosas de la cocina y hasta paso la aspiradora de mano por los rodapiés con tal de procrastinar el curro que tengo pendiente cuando por fin suena el timbre.

—¡Guille, eres el mejor! —digo al verlo parado en el hueco donde debería ir ese felpudo que aún no he comprado, con la caja de herramientas en mano.

—Tienes una cara más dura... Espero que al menos me invites a un café.

Vamos a la cocina a robarle una cápsula de café a Tere mientras le pido a Guille que me ponga un poco al día de su vida. Me cuenta que su empresa cierra siempre esta semana del año y los mandan a casa. Que esta semana de agosto, al tener un festivo, es la que más cara está para viajar, así que disfrutará de su aire acondicionado y su suscripción a FlixOlé. Creo que Guille es el único suscriptor de FlixOlé con menos de cincuenta años. Una vez me contó que lo que le gusta es el cine quinqui de los ochenta. Y ahí lo tiene todo. Porque el cine quinqui, dice, es la épica de la desigualdad social, donde la maldad no es el fin, sino consecuencia. En el fondo, creo que lo que le gusta en realidad son los códigos de honor, ver que hasta los más malos tienen su refugio de bondad, aunque no estén en el sitio correcto.

También me cuenta que lleva tres semanas sin fumar y que el insomnio, la ansiedad y el mono le están matando. Siempre me ha parecido curioso cómo el capitalismo tiene esa habilidad casi artística de inventar problemas que solo él sabe solucionar. Te vende el cigarro primero, garantizando seducción, rebeldía y esa promesa implícita de que serás más interesante si apestas a cenicero. Y cuando ya estás enganchado y tu médico de cabecera te recuerda tus antecedentes familiares con el cáncer de pulmón, viene con su arsenal de parches, chicles y pastillas para dejar la nicotina. Es brillante, en realidad. Un modelo de negocio redondo. Nos empujan al barro y luego nos cobran por la cuerda para salir. Y encima acabamos agradeciendo, recomendando y poniendo *reviews* de cinco estrellas a la cuerda sin preguntarnos quién puso ahí el barro. El tabaco es el gotelé sanitario. Porque el negocio del gotelé nunca fue ponerlo, sino saber que veinticinco años después, habría que quitarlo.

Yo nunca he fumado. El tabaco me da asco y la marihuana me marea. Pero siempre que veía a mi abuela coger un cigarro pensaba que igual el destrozarte las membranas pulmonares podía merecer la pena. Mi abuela fumaba con una elegancia que parecía sacada de una película en blanco y negro. Nada de mecheros de plástico ni mierdas modernas; ella usaba un Zippo de metal que encendía con un chasquido seco, como si fuera parte de su medido ritual. Fumaba sentada, con las vértebras de la espalda alineadas a la perfección, como recién salida de una clase de pilates, con el cigarro entre los dedos índice y corazón como si este fuera una extensión natural de su ser; y exhalaba el humo con una calma que hacía que el tiempo se detuviera. Los niños, de pequeños, buscan formas en las nubes. Yo lo hacía en el humo de los cigarros de mi abuela. Solía decir que era su pequeño placer, y lo defendió hasta su último día, como una diva que se niega a abandonar el escenario. No puedo evitar pensar que, para ella, los cigarrillos nunca fueron un problema. El mundo moderno, con su precaución extrema y su miedo a todo, lo es.

Entramos a mi cuarto y nos disponemos a desembalar el ventilador de techo que pretendo que me salve de los cuarenta grados que está haciendo en Madrid cuando Guille se para al lado de mi mesita de noche.

—¿Qué vas a hacer al final, tía?

—¿Hacer con qué?

—Con esto —lanza como un dardo. Y da justo en la diana.

De repente, tiene en la mano el sobre que ha cogido de mi mesilla. Ese en el que pone «Lourdes» con la caligrafía de mi abuela. No recordaba que él es la única persona que sabe que este viernes está marcado en rojo en mi calendario. Sin saber muy bien por qué, y ante la mirada de incomprensión de mi amigo, empiezan a brotar lágrimas desconsoladas de mis ojos.

—Tranquilo, estoy bien —miento.

—Pero... ¿ha pasado algo, Lula? —pregunta sin entender cómo una simple pregunta puede haber roto tantas cosas en mí.

—Nada, nada... Estoy bien, de verdad.

—Ay, me da palo verte así. No es para tanto, ¿no? No sé... ¿Tienes la regla?

A veces se me olvida que Guille no deja de ser Guille.

—Pues claro que no, imbécil.

16

Enciendo mi nuevo ventilador de techo y cierro el ordenador dando por concluida la jornada laboral. He mandado sesenta y ocho mails de los ciento once que Bea me había encomendado, pero sé que con la baja de Patri no puede permitirse despedirme, así que decido que la preocupación también voy a procrastinarla.

Recojo los pañuelos usados de la mesa y contesto un mensaje de Guille para asegurarle que estoy bien. Ya no estoy llorando. Aunque lo reconozco: me gusta llorar. Es purgador. Y siempre estoy guapa después de llorar. De hecho, tengo la teoría de que todas lo estamos. Se nos hincha la carita y la piel muestra ese efecto repulpado. Los labios se nos oscurecen un poquito. Guapísimas, de verdad. Por eso a veces nos hacemos selfis en plena llorera y sobre todo por eso casi siempre acaban colgados en redes sociales. No es por concienciar sobre salud mental ni por desmitificar la idea de que nuestra vida online no siempre corresponde con la realidad, es porque nos vemos monísimas y punto.

Disfruto del llorar y del sobrepensar. Creo que es algo que va en mi idiosincrasia. Bueno, en la mía y en la de todas las mujeres.

Me acuerdo mucho de cómo Mauro, cuando discutíamos, me decía que las mujeres pensábamos demasiado. Pues claro que lo hacemos. Reflexionamos de más y sobreanalizamos las situaciones, y lo hacemos por supervivencia.

Diría que las mujeres empezamos a sobrepensar en el colegio, y de la forma más irracional posible.

Cuando alguno de nuestros profesores, después de enseñarnos los diptongos o a dividir entre dos cifras, nos decía: «Niñas, al recreo». Sabíamos que nos apelaba a nosotras y que ellos estaban excluidos de la oración. Sin embargo, cuando decían: «Niños, al recreo», ellos seguían teniéndolo claro, ¿pero nosotras? ¿Éramos parte de ese sustantivo? ¿Debíamos levantarnos y salir de la clase o quedarnos quietas en nuestro pupitre? Es ahí donde empezamos a sobreanalizar, a buscar pistas en lo no dicho para entender si se refieren o no a nosotras. Si tenemos que interpretar y analizar tanto algo que para ellos es siempre inconfundible y nítido, ¿cómo no va a diferenciar eso quiénes somos? Ellos, tan seguros de que su lugar está marcado por un simple «niños» o «alumnos», y nosotras, atrapadas en un eterno juego de palabras y significados que nos obligan a cuestionarlo todo. Siempre buscando señales, interpretamos lo que está en el aire, lo que no se dice, lo que se omite. Mientras ellos avanzan sin dudar, nosotras aprendemos que ser mujer es, en gran parte, dudar. Dudar del espacio que ocupamos, del tiempo que nos pertenece y del lugar en el que encajamos.

Así que, es cierto: soy muy analítica, soy sensible y soy llorona.

Mi abuela no lloraba nunca. O, al menos, yo jamás la vi. Me pregunto si lo haría al nacer. O al morir. Nunca la vi derramar una lágrima y me entristece pensar que es algo que ya no voy a hacer, como si me hubieran arrebatado esa imagen para siempre.

Los adultos, cuando somos niños, insisten en decirnos «No te quiero ver llorar» o «Los niños grandes no lloran», y me parece de una estrechez emocional descomunal. Llorar delante de alguien es una muestra de vulnerabilidad, y ahí está el amor. Todos lloramos, así que yo quiero estar ahí cuando lo hagas.

Escucho abrirse la puerta de casa y me sobresalto. Después de esta semana y media sin compartir el sofá ni esperar a que alguien acabase de ducharse para entrar en el baño, casi se me había olvidado de que no vivo sola.

Veo aparecer a Sara cargada con una mochila a la espalda, una bolsa de deporte en una mano y la bicicleta plegable en la otra.

—Sari, ¡te ayudo!

—Gracias, tía —dice mientras saca la llave de la

cerradura y me da la bolsa para que la meta en casa. Pesa muchísimo.

—Pero ¿qué llevas aquí dentro? ¿Un muerto?

—Mira, hablando de muertos. Lo he dejado con Rubén —dice en un tono por el que puedo deducir que no ha sido una ruptura amistosa.

—Hostia, Sara... ¿Y cómo estás?

—Mal. Pero bueno, es lo que hay. Me ha dejado claro que no pensaba moverse nunca de Burgos y yo no pienso irme allí a vivir, así que no tiene sentido seguir alargando esto —zanja, esforzándose para no añadir un «maldito niñato» al final de la oración.

Rubén nunca me gustó para ella, pero claro, jamás le dije nada. Esas cosas son mucho más fáciles verbalizarlas una vez que la relación se ha roto. Durante el idilio, es complicado. Y luego pasa que lo dejas y de repente te das cuenta de que nadie de tu entorno le soportaba; te sientes una completa gilipollas porque nadie te lo avisase, pero en el fondo de ti sabes que si te hubieran dicho algo cuando estabas enamorada, hubiera sido motivo de fruncir el ceño y poner distancia. Qué complicados somos.

Sara y Rubén tenían una relación Madrid-Burgos, y los Alsa no están ya tan baratos. Además, todo el mundo sabe que coger tantos autobuses por amor es apropiación cultural del lesbianismo español. No estaba bonito por su parte. Se veían cada tres semanas siempre que no hubiera una final de fútbol importante. «Las finales de fútbol son para verlas con los colegas», decía Rubén. Y Sara ese fin de semana estaba malhumorada dos de los tres días. Tres de tres si el equipo de Rubén, encima, ganaba. Siempre lo pienso: las relaciones a distancia son como intentar mantener regada una planta en una zona de sequía. Si ya de por sí las relaciones me parecen complicadas, con distancia de por medio se convierten directamente en un malabarismo emocional, con la diferencia de que aquí no hay red de seguridad cuando te caes. Yo no sería capaz. Me volvería loca. Quizá por eso nunca contesté con más de un emoticono de pulgar arriba al mensaje de Gael.

Como sociedad estamos acostumbrados a una inmediatez absurda: si podemos tener comida en la puerta de casa en cuestión de minutos o mandar un paquete al otro lado del mundo en veinticuatro horas, ¿cómo se hace para que la idea de esperar meses para verse no sea desesperante?

Además, con independencia de la distancia, estamos entrenados para consumirlo todo con voracidad, incluso el amor. Los términos liberalistas han usurpado hasta nuestras relaciones. La lista de pros y contras que hacías de niña antes de aceptar la invitación de un chico para salir con él es ahora un estudio de riesgos y oportunidades. Las parejas terminan en cuanto aparece una «mejor oferta» y existe un sinfín de consejos de autoayuda que nos dicen que siempre puedes aspirar a más, que mereces algo mejor. Que conformarse no es de ambiciosos y que la ambición es la principal cualidad para alcanzar el éxito. Entendemos el amor como un producto con garantía. Le quitamos la parte humana a las relaciones y al final, el querer se acaba pareciendo a una suscripción que puedes cancelar cuando no cumple tus expectativas.

Creo que, en general, condenamos todas nuestras relaciones a la obsolescencia programada desde la primera muestra de afecto. Cuando algo no da problemas, todo está bien. Pero cuando salen a relucir las debilidades, en lugar de arreglarlo, la sociedad te dice que es mejor buscar algo nuevo, algo más emocionante, más compatible, mejor. Porque, igual que con los teléfonos y las lavadoras, parece que el amor también viene con fecha de caducidad irremediable. Arreglar cuesta tiempo y esfuerzo, desechar y reemplazar es siempre mucho más fácil.

—Así que nada, aquí va su cadáver.

Otra cosa que he aprendido: hay que esperar unas semanas antes de empezar a hablar mal de los ex de las demás, hay que estar segura de que no hay reconciliación. Esto lo aprendes cuando pierdes a una amiga por este motivo por primera vez.

—Pues, amiga, lo que necesites aquí estoy. Tengo un nuevo ventilador de techo y ahora mismo eso da más gustito que el amor —digo, y Sara ríe.

Sara y yo no somos amigas, pero me gusta que exista. Es una mujer con temperamento, algo que envidio profundamente. Oposita para jueza y su Goodreads acumula todos los años más de cien lecturas. Le gusta hablar por teléfono —por lo de la relación a distancia— y la burocracia —por lo de jueza—, así que tenerla de compañera de piso es un lujo porque no deja cabos sueltos. Tiene obsesión con los números capicúa y se cruje los dedos siempre en el mismo orden: de pulgar a meñique. Me gusta pensar que cuando los juzgados de este país estén llenos de tías como Sara, la sociedad será un poquito mejor. Jamás come precocinados ni bollería industrial. Cada día me suplica que adoptemos un gatito. Si puede, se escaquea de tirar la basura y nunca quiere ver películas en versión original, por lo que en el salón de casa solo se ponen comedias españolas y películas de animación, pero juntas las disfrutamos.

—¿Y tú qué, tía? ¿Alguna novedad?

«Pues alguna que otra. Y va de muertos también, aunque menos metafóricamente». Lo pienso, pero no lo digo. Decido que ya he llorado demasiado por el día de hoy.

—Nada, todo como siempre.

17

Salgo de la oficina a las seis y dos minutos y pongo rumbo a la boca de metro. Bea sigue enfadada conmigo y se pasa el día buscando nuevas formas de ignorar mi existencia mientras critica mi trabajo. Lo hace bastante bien y me sorprende: cuando hay que pensar ideas para presentárselas al cliente, no suele ser tan creativa.

Yo estoy disfrutando placenteramente de dar lo mínimo en mi trabajo. Adoro la mediocridad. De hecho, creo que está subestimada y habría que reivindicarla.

Desde pequeños nos han vendido la idea de ser nuestra mejor versión como si fuera una obligación cósmica. Como si fuese la manera de corresponder nuestra existencia, de alcanzar el culmen más absoluto.

«Sé la mejor tú», nos dicen los anuncios, las tazas, los putos felpudos y hasta los carteles en el gimnasio. Pero ¿para qué? ¿Para que alguien te admire por poco tiempo antes de volver a preocuparse por sus propios problemas? Paso. Hay una fase en nuestra juventud en la que nos obsesiona no defraudar a nuestros padres, a nuestras amigas, a nuestros novios..., pero se pasa pronto. Prefiero quedarme en esta versión beta de mí misma, con errores de fábrica incorregibles, y disfrutar del lujo de no impresionar a nadie. Hay una paz particular en aceptar que el mundo puede seguir girando a la perfección sin mi constante esfuerzo por destacar.

Le mando un mensaje de voz a Vega: «Tía, llámame cuando puedas, que voy a comprar cositas para mañana». Vega es de esas personas que no tienen nunca el teléfono a mano. Parece haber hecho un pacto con el olvido. Lo deja en la mesa cuando sale a caminar, lo olvida en la mochila o simplemente lo apaga sin un motivo claro, como si no quisiese estar disponible para el mundo. Es algo que, aunque me saque de quicio a veces, envidio profundamente de ella.

Salgo de la estación de Lavapiés y pongo rumbo al supermercado. Paso de largo un par de restaurantes en los que toda la carta es quinta gama, una tienda de segunda mano con precios de prendas de lujo, dos cafés de especialidad y tres salones de juego. Esa mezcolanza son nuestros barrios y, al final, no dejan de reflejar con fidelidad la dicotomía absurda que nosotros mismos representamos.

Personalmente estoy harta de las cafeterías que te venden la idea de que no estás comprando una simple bebida, sino una experiencia sensorial, ética y sostenible por la módica suma de una hora entera de tu trabajo. Pero más harta estoy aún de toparme con una casa de apuestas cada veinte metros. Lugares que son un agujero negro emocional, iluminados con neones estridentes y cuya banda sonora la conforman pitidos irregulares, ruletas girando y sonidos de monedas al caer. Que prometen fortuna inmediata mientras succionan hasta el último euro de quienes atraviesan sus puertas.

Me da mucha pena. Donde antes había panaderías o librerías de barrio, ahora hay locales que compiten por ver quién puede alienar más rápido a la gente. En la cafetería te juzgan por no saber la diferencia entre un *flat white* y un cortado, mientras que en la casa de apuestas te ofrecen un sueño que nunca se cumplirá. Es como si estas dos caras de la misma moneda estuvieran diseñadas para recordarte, una y otra vez, que la vida es un juego de perder o perder. Y todo, por supuesto, dentro del radio de una misma calle.

Y para mí el problema no es solo lo que representan, sino lo que desplazan. Ya no hay espacios para la comunidad, para lo cotidiano, para lo sencillo. Todo tiene que ser una elección drástica: o te endeudas para sostener una imagen de sofisticación o te hundes en la desesperación de creer que un décimo de lotería o una máquina tragaperras van a cambiar tu vida. Y mientras tanto, los alquileres suben, los pequeños negocios cierran y el barrio se desdibuja. Pero quedan aún unos pocos comercios de los de toda la vida. En mi calle, un taller de cristalería y enmarcado, una tienda de lámparas de araña y tulipas y un local pequeñísimo donde aún fríen patatas, además de vender chuches y frutos secos. Los tres tienen en común que están regentados por personas que ya han cumplido los sesenta y sin relevo generacional. Cuando se jubilen o se mueran, esos locales pasarán a ser alojamientos turísticos. Si no fuera poco el deterioro del pequeño comercio en los barrios, alguien ha tenido la feliz idea de darles la puntilla apreciando el valor de los locales como apartamentos para turistas. Los políticos a veces parece que lo hacen a mala hostia.

Y mientras, y surfeando la hipocresía que me caracteriza, entro en una cadena multimillonaria de supermercados a comprar todos los ingredientes para hacer una tarta de queso con galletas Lotus que vi en Instagram ayer. No es para mí, todavía no he caído en autorrealizarme a través de la repostería por mucho que haya cumplido los treinta. Mañana tenemos una cena en casa de Eli y

Jose para celebrar el embarazo y me parece decoroso llevar algo casero. Además, la tarta de queso es el postre favorito de Eli.

Es curioso cómo funciona el amor. Para mí misma, jamás cocinaría una receta en la que uno de los ingredientes fuese levadura química. Me bastan una sopa de sobre y una cucharada de resignación para sobrevivir. Pero por ella me voy parando en los pasillos decidiendo si el molde será redondo u ovalado y buscando en internet si comprar leche desnatada en lugar de entera afectará a la cremosidad del postre. Y por ella compro huevos de gallinas felices porque la señora de Instagram dice que afectará al sabor de la tarta. Y yo nunca compro huevos de gallinas felices porque me imagino su casita con un felpudo de los que odio. Y porque valen el doble y no tengo pasta. Si Guille estuviera aquí, me diría que esos huevos valen el doble porque no prohíben los otros. Si solo existiesen huevos de gallinas felices, costarían la mitad. Y que la economía se alinea con los políticos para monetizar nuestra culpa.

Si lo pienso, asesinaría al encargado de marketing que nos condenó a las mileuristas al pensamiento de que comemos huevos de gallinas tristes, miserables y desgraciadas. No como las otras, claro. Y nos carga con la culpa de ello cada vez que en el supermercado elegimos la única media docena de huevos que nos podemos permitir. Esa sin el cartel de «gallinas criadas en libertad» y que nos condena a sentirnos, además de pobres, unos fascistas de mierda.

Así funciona el trasladar la culpa: «¿Quieres redondear los céntimos de tu compra para donarlo a la Cruz Roja?». «No te desplaces en avión jamás, que contamina». «Nada de bolsas de plástico, pero si las necesitas, te las vendo».

Nos hacen creer que el destino del planeta depende de si reciclamos correctamente mientras las grandes petroleras y multinacionales contaminan a niveles que ninguna acción individual podría compensar jamás. Y lo peor es que funciona: nos sentimos heroínas por apagar la luz al salir de una habitación o por guardar el aceite con el que cocinamos y llevarlo al punto limpio mientras ellos siguen extrayendo y quemando combustibles fósiles como si les fuera la vida en ello. De hecho, se les va la vida en ello. Pero la moneda cotiza más alta en bolsa.

Todo esto me hace sentir como si estuvieran incendiando la casa mientras nos regañan por no cerrar el grifo cuando nos lavamos los dientes.

Pero bueno, he decidido que hoy voy a gastar dinero, tiempo y recursos en una tarta para mi amiga; así que sin pesar alguno, cojo los huevos más caros del estante. Supongo que el amor tiene la extraña habilidad de transformarnos en personas que, por un momento, pisarían sus propios principios sin remordimiento por ello.

Estoy esperando en la cola sin advertir que algo ha cambiado en el súper: han puesto cajas de autopago. Se me acerca una empleada y me dice:

—¿Con tarjeta? Pasa por el autopago y te enseño cómo funciona.

—No, gracias. Prefiero esperar. —La conversación podría haber acabado ahí. Ella me lo ofrece y yo digo que no. Ya está. Pero no. Ha tenido que insistir.

—Vas a tardar más, ven, si es muy fácil.

A ver, alma de cántaro —esta expresión es también de mi abuela y me encanta—, ya sé que es más rápido. Y que es muy fácil. De hecho, estoy segura de que no necesitaría tu ayuda para autocobrarme. Pero si me resisto a usar el autopago es porque cuando ya todos sepamos usarlo, te pondrán en la calle. A ti y a todas las demás cajeras.

—No, gracias, prefiero esperar. —Mi mirada deja claro que la conversación ha terminado. Y pienso en Prada y las bolsitas de la caca. Por asociación de ideas, supongo.

Termino de embolsar mi compra —en una *tote bag* de tela, por supuesto— cuando Vega me llama por teléfono.

—Lula, me rajo de lo de mañana. Me duele mucho el tobillo y no me veo con fuerza.

—Tía, no me dejes sola. Van a estar los amigos insoportables de Jose. Y sus novias a las que no distingo. Te necesito allí.

—Luli, lo siento. Me dijo Eli que iban Óscar y Javi, así que tranquila, que vas a estar bien. Y además, estando ellos, se cortarán un poco.

—Tía, ¡que voy a hacer hasta una tarta de queso!

—¿Pasteurizado?

—¿Qué?

—Amor, está embarazada.

Y me doy cuenta entonces de que, además de una fascista de gallinas, soy profundamente estúpida.

18

Cuando nací pesé tres kilos y doscientos cincuenta gramos. Era peluda y pequeña. Ya tenía los dedos meñiques torcidos, como mamá. Era muy fea, siempre me lo recuerdan. Mi cabecita tenía muescas como si me la hubiera picoteado una gallina y prácticamente era incapaz de abrir los ojos.

En los primeros segundos de llegar al mundo me pegaron en el culo para que llorase. Menuda alegoría de lo que iba a ser la vida.

Nacer es un acto de audacia que nadie pide cometer. Me imagino ahí: desnuda, vulnerable y a lágrima viva mientras un grupo de adultos finge que esto es motivo de celebración. El parto, tal y como lo representamos, podría ser un concepto lynchiano. En cualquier momento, el cirujano podría mirar a cámara y exclamar de manera exacerbada: «¡No hay banda!». Y quedarse tan a gusto. O podría ser una performance de Marina Abramović. El nacimiento es nuestra primera representación. El instante de mayor protagonismo de nuestras vidas. Todo el mundo lo celebra, pero con el tiempo te das cuenta de que nacer es como aparecer de repente en una fiesta extraña donde no conoces a nadie y que, de alguna manera, estás obligado a entretener a los demás.

No me hicieron agujeros en las orejas porque mis padres pensaron que tener vagina no era una razón de peso para marcar mi cuerpo de manera irreversible. Lo agradezco, aunque nunca me pude poner los pendientes de osito de Tous que mis tías me regalaron. Sí la esclava de oro con mi nombre. Creo que sigue siendo la única joya de oro que tengo. Todos mis tíos hicieron colecta para comprarla y yo cada vez que paso por delante de un «compro oro», tengo la tentación de entrar a preguntar cuánto me darían por ella. Venderla sería una forma hermosa de decepcionar a muchos familiares a la vez y eso, irremediablemente, me pone un poco cachonda.

Mi familia extensa nunca ha estado demasiado unida, pero mi núcleo familiar es inquebrantable. Soy hija única, y por muy criticable que sea y muchos lastres que acarree, a mí me gusta. Sí que me da pena no haber tenido un hermano o una hermana con quien compartir la vida, pero me alegra no haber tenido que dividir atenciones ni afectos en la infancia. Además, aprendí desde pequeña a disfrutar de mi propia compañía, carencia que aún veo en demasiados adultos. Yo tenía el monopolio absoluto de la tranquilidad en casa. Mis padres me dedicaban con generosidad el tiempo que yo les demandaba, pero a la vez el tiempo para uno mismo era siempre un activo. Mi madre es una lectora irredenta y mi padre dedica muchas horas a dibujar y a tocar la guitarra a puerta cerrada.

Dicen que los hijos únicos son caprichosos —quizá lo sea— y egoístas —esto estoy segura de que lo soy—, pero tener hermanos no te asegura la bondad, la empatía ni el altruismo. Y para mí, hay algo mágico en saber que mis recuerdos de infancia no tienen que negociarse con nadie.

La relación con mis padres siempre ha sido muy estrecha. Una situación familiar buena. Feliz, incluso. Tanto que casi me da vergüenza hablar de ello en voz alta. Mi padre no era alcohólico, ni ausente, ni putero. Me bañaba cuando era niña y me enseñó a montar en bicicleta. Me hacía la comida y me ayudaba a distinguir entre sujeto y predicado cuando hacíamos juntos los deberes.

Cuando me subía la fiebre o me dolía la barriga, sin embargo, siempre recurría a mamá. Es curioso cómo siempre que hay dolor necesitamos a nuestra madre para calmarlo. Su lenguaje siempre ha sido el de la dedicación. Ella cuidaba de mí de una manera tan sutil que nunca sentí el peso de su esfuerzo, solo la calidez de su presencia. Las noches siempre terminaban con ella arropándome, contándome historietas que se inventaba al momento o cantándome canciones que aún existen en mi memoria.

Ya no conservo ese ritmo pausado y suave de la infancia, pero me sigue gustando vivir.

Me gusta la vida y me pregunto qué habrá en la muerte.

Si soy honesta, siempre he pensado que no hay nada.

Para mí la muerte es vacío: no hay personas, ni animales, ni piojos. No hay notas musicales, ni cuadros, ni guitarras, ni farolillos. No hay gnomos de jardín, ni carretes de fotos, ni lámparas de queroseno. No hay MDMA, ni ketamina, ni alcohol, ni líquido de frenos. No hay siemprevivas, ni gerberas, ni tulipanes. No hay poetas suplicando amor ni gastos de notaría. No existen los imanes de nevera horteras que acumulas de tus viajes, ni tus zapatillas de andar por casa. No hay contadores de gas, ni papel de regalo, ni inmobiliarias. No hay medios de comunicación que tergiversen a su antojo ni jueces comprados a golpe de talonario. No hay corrupción, ni capitalismo, ni comunismo. No hay chistes de van dos y se cae el de en medio. Por supuesto, no hay felpudos.

No hay traición, ni amor, ni dolor. No están

los que aman ni los que se dejan amar. No existe el vacío porque el vacío lo es todo.

No hay nada, y eso no me asusta. Diría que casi me tranquiliza. El pensamiento de que, al final, simplemente desaparecemos, como si nunca hubiéramos existido, me resulta menos aterrador que la idea de quedarnos atrapados en un ciclo infinito del que es imposible escapar. De hecho, me atrevo a decir que la eternidad suena incluso a penitencia para mí.

Al menos, la nada no promete nada.

Todo esto no lo sé. Lo imagino, lo pienso, lo figuro y lo fantaseo.

Aunque está claro que no pondría la mano en el fuego porque no he estado ahí. Por la vida, sí. La vida la conozco, la observo, la describo.

Pero la muerte la sospecho. No la puedo asegurar.

Supongo que por eso desconfío de la gente que confirma la existencia de Dios. Ellos no saben si su fe es en realidad autoengaño. Es muy fácil creer cuando cultivar la duda es pecado. La religión se hace trampas al solitario.

Aunque en realidad, si lo pienso detenidamente... Abuela, tú crees que hay 3.880 dioses falsos y uno verdadero. Yo creo que hay 3.881 falsos. En el fondo estamos prácticamente de acuerdo, así que ¿para qué discutir?

19

Llamo al timbre con una mano mientras sostengo la tarta de queso sin queso en la otra. Lleva Philadelphia, pero eso ni es queso ni es nada, así que he tenido que compensarlo con el doble de azúcar de lo que la receta marcaba. Una zozobra para diabéticos. A decir verdad, ya no es una tarta de queso, es una tarta dulce y cremosa con base de galleta.

Me vi en la tentación de echarle un poquito de la marihuana que guarda Tere en el cajón de las especias, pero quise ser responsable con la salud de mi futuro sobrino.

Espero que esté buena y que compense que el babero personalizado que pedí no ha llegado a tiempo por no querer pagar un extra de gastos de envío urgente.

Me abre Jose. Le doy dos besos y le pregunto si hay sitio en la nevera para mi creación pastelera. Me dice que por supuesto, que él la lleva, y cuando se da la vuelta, veo su culo apretado dentro de esos pantalones chinos beige. En los pies, unos náuticos desgastados de color marrón. El antimorbo. Yo jamás me hubiera fijado en un hombre como Jose para hacerle padre de mis hijos. Ni en broma. Y si lo pienso, me sorprende cómo el amor puede ser tan subjetivo. Lo que a mí me parece incomprensible, a Eli le parece atractivo. No sé si es el confort de los hábitos o si, en el fondo, todos tenemos una especie de brújula interna que nos lleva hacia lo que necesitamos, no hacia lo que esperábamos.

Jose es el mayor de tres hermanos. Su familia es de esas que va al club los sábados y tiene un panteón en el cementerio de la Almudena. Se leyó *El guardián entre el centeno* a los quince años y basó su personalidad adolescente en ello. Un rebelde indomable, según su madre. Un joven que asentará la cabeza cuando conozca a la mujer de su vida, según su padre. Y el segundo tenía razón. Yo nunca me hubiera fijado en un hombre como él, pero sé que cuida, quiere y hace profundamente feliz a Eli desde hace cuatro años, así que poner bote para unos náuticos nuevos en su cumpleaños sin rechistar es un peaje que paso encantada.

Cruzo hacia el salón y me doy cuenta de que, aun timbrando a las nueve en punto —que es la hora a la que nos habían citado—, he sido la última en llegar.

—Lulita, qué impuntual —dice en tono jocoso uno de los amigos de Jose. Manuel, creo recordar que se llamaba.

Solo he coincidido un par de veces con sus amigos en los dos últimos cumpleaños de Eli, pero puedo afirmar dos cosas. La primera, que no tenemos confianza para que me llamen «Lulita» y la segunda, que, casi con total seguridad, son imbéciles de remate. Bueno, tres cosas. Y la tercera es que probablemente han estado hablando de mí antes, porque si no, es impensable que este tío se acordara de mi nombre.

—De hecho, son las nueve en punto. Llegar pronto, si lo piensas, es mayor impuntualidad —digo. Y él se ríe como si fuera la primera vez que ve a una mujer utilizando el sarcasmo.

Manuel, Borja y Jose se conocen desde los cinco años. Fueron juntos al liceo francés, formaron un equipo de fútbol para jugar pachangas los domingos con los amigos y aún hoy quedan todos los martes y los jueves después de sus ajetreados trabajos en empresas de consultoría para «echarse un pádel», como ellos dicen. Siempre llevan ropa cara y sus opiniones siempre están vacías. Manuel y Borja son las típicas personas que te preguntan por distintos temas no porque les interese tu opinión, sino para poder dar la suya. Huelen a perfumes amaderados y solo se echan cremas en la cara si el envase es azul oscuro o negro y pone claramente *«for men»*. Son intercambiables, lo son sus respuestas y sus opiniones obvias. De hecho, si nuestra vida fuese una obra de teatro, serían un solo personaje. Borja Manuel. O Manuel Borja.

Sus novias —o prometidas, intuyo—, María y Marian, son dos chicas rubias que se parecen muchísimo entre sí. Las dos tienen los ojos marrones y, si les preguntases, ambas dirían que al sol se vuelven verdosos o tono miel. Nunca llevan minifalda ni escote, tienen las uñas perfectamente pintadas de un tono rosa bebé y el pedrolo que ambas llevan en el anular vale más dinero del que yo gano en un año entero. Tienen pinta de ser las típicas que se reirían de mí en el instituto, si es que pudiera imaginármelas estudiando en un instituto público y no en los jesuitas. Siempre sueltan comentarios susurrados que no logro entender pero por los que me siento aludida, porque si no, por qué los dirían bajito. Sé que jamás sería una amenaza para ellas en su imaginario, aunque no logro entender entonces el porqué de ese aire de superioridad intacto que siempre portan contra mi persona. Yo no tengo ningún problema con ellas. De hecho, estoy bastante segura de que no puedes tener un problema con personas a las que no distingues. Y en su caso no es solo que no las diferencie, es que no tengo muy claro quién es la pareja de Manuel y quién la de Borja, así que por si acaso prefiero no hacer alusiones nunca a sus relaciones, no llamarlas por su nombre y ponerme lo más lejos posible de ellas en la mesa. Y sí, también son intercambiables.

De la cocina llegan riendo Óscar y Javi. Óscar es amigo de Eli desde la universidad, y Javi es su monísimo, amable y encantador marido. Llevan diez años juntos, tienen una gata llamada Demimoore y el carnet anual de la filmoteca. Ambos se dedicaban a la programación informática, pero hace menos de un año decidieron dejar sus trabajos y abrir una floristería llamada Paniculata en el barrio de Las Letras. Desde entonces viven mucho más tranquilos. Cambiar la programación informática por las flores es casi un acto político, así que no puedo alegrarme más por todo el éxito que están teniendo. También hace un año están metidos en el programa de adopción de la Comunidad de Madrid porque su mayor deseo es formar una familia juntos.

Después de picotear jamón, gildas y la tabla de quesos —pasteurizados todos, por supuesto— que Eli ha preparado y brindar con un Ramón Bilbao, nos sentamos en la mesa. La cena comienza con Borja hablando de su último viaje a los Alpes como si hubiese descubierto América, mientras Manuel, con sus delirios de grandeza, diserta sobre criptomonedas y «oportunidades de inversión» que nadie había pedido. Hablan para escucharse a sí mismos y yo intento no poner los ojos en blanco tan fuerte que se me queden atrás.

En realidad, me arrepiento de no haber echado un poco de marihuana con las galletas de la tarta para hacer esta noche un poco más soportable.

—Y qué, ¿ya habéis mirado dónde bautizar al bebé? —dice una de las rubias de cuyo nombre no quiero (ni logro) acordarme.

—Bueno..., la verdad es que aún estamos pensando si bautizarle —dice Eli, intentando eludir una pregunta que claramente no quiere contestar.

—¿Bautizar? —dice Óscar—. Pero si Eli es la tía más atea que conozco...

—Bueno..., bautizarle es importante —apunta la otra rubia—. No es solo una cuestión de tradición. La Iglesia nos da un conjunto de valores vitales hoy en día. Solidaridad, empatía, amor al prójimo... Bautizarle es darle una base moral, algo que le ayude a entender que el bien común importa y que debe obrar con bondad si quiere ascender a los cielos.

Tengo la sensación de que esta película ya la he visto.

—Entonces supongo que ser buena persona siendo ateo tiene el doble de mérito —digo. Y enseguida me arrepiento. No puedo creer que haya dicho eso en voz alta. Juraría que las palabras se me han escapado de la boca.

—¿Cómo dices, Lula? —dice Manuel. Y me doy cuenta de que ya estoy embarrada hasta las rodillas.

—Bueno, eso. Que yo, si soy buena, es porque creo en la bondad, no por miedo a las represalias de un Dios todopoderoso ni por la promesa de una vida eterna. A mí nadie me chantajea para que sea buena persona. Y creo que así es como debería ser, ¿no?

Y se hace un silencio que suena atronador. Óscar y Javi aprietan los dientes para no reírse y Marian y María arquean las cejas estupefactas. Eli mira a Jose para pedirle con la mirada que cambie de inmediato de tema si quiere que todos salgamos ilesos de esta cena.

—Bueno, brindemos también por las dos bodas que se vienen —dice Jose mirando a Manuel y Borja—. Un hijo y las bodas de mis dos mejores amigos el mismo año, vosotros queréis dejarme pelado, ¿eh?

Ahora en serio. ¿Los intercambiables se casan a la vez? Quizá sea una casualidad, pero a mí se me antoja como lo más ridículo del mundo.

—Eso, chicos, ¡por vosotros! —dice Eli. Y me veo obligada a esbozar una sonrisa y alzar la copa porque unos desconocidos vayan a firmar un papeleo el año que viene.

—Y a ver si os animáis alguno y nos dais un sobrinito pronto. Que no queremos que el bebé se críe sin niños de su edad alrededor —dice Jose, con la mirada aún clavada en sus dos amigos.

—Sí, o a ver si hay suerte y os llaman a vosotros pronto del programa de adopción —dice Eli mirando con ternura a Javi y a Óscar—. Vais a ser unos padrazos.

Y cuando nos disponemos a volver a brindar,

una de las futuras novias baja la copa haciéndose notar.

—¿Te pasa algo? —pregunto por decoro, sabiendo a la perfección lo que le pasa.

—Nada. Bueno, son opiniones distintas, ya está.

—¿Qué opiniones exactamente? —digo, tratando de que ponga en palabras lo que creo que está queriendo decir. No estoy dispuesta a que esta falta de sensibilidad se quede en un amago.

—A ver, yo creo que un niño tiene que criarse con una madre y un padre, eso es todo —suelta con una impertinencia y una superioridad moral desmesuradas—. Pero bueno, que son opiniones diferentes y todas son respetables.

No, no lo son. Mis maneras de pensar no te obligan a vivir como yo. Pero tus convicciones te hacen pensar que si yo no vivo conforme a ellas, te estoy agrediendo de alguna manera. Esa es la diferencia entre nosotras. Yo quiero que los derechos existan y estén garantizados para quien necesite hacer uso de ellos, aunque esa persona no sea yo, y tú quieres eliminarlos a pesar de que a ti nunca te harán falta. No somos iguales. Tú nunca pedirías la eutanasia, jamás te casarías con alguien de tu mismo sexo ni te divorciarías y te volverías a casar, y eso está fenomenal. Pero que esas libertades existan, aunque jamás vayas a hacer uso de ellas, es importante.

Yo defiendo que puedas ejercer cultos que yo no realizaría nunca. Y regir tu vida conforme a reglas que a mí no me sirven. Pero no puedo admitir que si yo vulnero tus reglas, te estoy agrediendo, ni te voy a reconocer el derecho a imponerme tus costumbres ni tus modos de vida.

Y luego, con esos derechos blindados, efectivamente podremos hablar de que todas las opiniones son respetables.

Estas palabras, llenas de rabia, están a punto de salirme a borbotones por la boca cuando Eli emite un sonido gutural que nos hace a todos girarnos hacia ella.

Se pone ambas manos en la tripa y emite un segundo sonido. Yo, que estoy a su lado, le pregunto si está bien y la ayudo en su amago de ponerse en pie. De repente, su pantalón corto de lino está manchado de sangre. Nadie dice nada, pero todos entendemos lo que está pasando. Nuestra guerra particular sobre los derechos humanos pasa a un segundo plano y todos nos involucramos en lo mismo: encontrar las llaves del coche de Jose y bajar a Eli al garaje. Antes de que el monovolumen arranque, Jose me pide que me quede a apagar el horno y todas las luces de casa. Yo asiento, le digo que no se preocupe, que lo dejo todo recogido, y le pido que por favor me llamen en cuanto sepan algo.

Borja y María por un lado y Manuel y Marian por otro —por fin los sé emparejar— piden un taxi tras una discreta despedida. Óscar y Javi, mientras, me ayudan a terminar de meter los platos en el lavavajillas.

—Lula, gracias por lo que estabas a punto de decir —dice Javi.

—¿Cómo?

—Que tus ojos inyectados en rabia ya estaban contestando la perlita homófoba de María. Y que todo el mal gusto que tiene Jose eligiendo amigos, lo tiene bueno Eli al elegirte a ti.

20

Todo el silencio de Madrid conspira para que me duerma, pero me es imposible. Entre este calor asfixiante, el insomnio y la impaciente espera de un mensaje que ilumine mi teléfono no logro conciliar el sueño. Vuelvo a mirar la pantalla: las 2:12 de la madrugada. Sin notificaciones. Nada. Ni Jose ni Eli contestan ninguno de mis múltiples wasaps. Tengo una inquietud en el pecho, como un nudo amarrado con fuerza en un estado cada vez más tirante. Intento respirar profundo, pero cada inhalación parece demasiado corta, como si el aire no llegara del todo a mis pulmones. Mi corazón late tan fuerte que siento cada golpe en las sienes.

De repente, el teléfono empieza a vibrar. Eli está llamando.

—¿Cómo estás, amor? —digo nada más pulsar el circulito verde de la pantalla.

—Lo he perdido —escucho. Y siento una punzada en medio del estómago.

No hay un manual para responder a algo así. Ninguna palabra puede aliviar el peso de lo que acaba de suceder. Me quedo en silencio, escuchándola llorar, deseando que, de alguna manera, mi simple presencia al otro lado de la línea pueda sostenerla aunque sea un poco.

Decirle que todo estará bien suena vacío, porque ahora mismo nada lo está. Hablar del tiempo como si fuera un ungüento milagroso me parece cruel, porque el tiempo no trae de vuelta lo que se ha perdido. Creo que consolar algo así no es tanto el decir, sino el estar. Es acompañar en el silencio más incómodo y desgarrador y dejar que llore hasta que se acaben las lágrimas, si es que eso llega a pasar en algún momento.

—Estoy aquí —digo—. Para todo y para siempre.

—Lo sé.

Y vuelve a llorar. De repente, me acuerdo de aquel taxista que me dijo que me acompañaba en el sentimiento cuando mi abuela murió. Y en cómo yo pensé en lo absurdo de la oración. Aun pensando que no hay manera de que esa construcción verbal suene sincera, ahora la entiendo. El dolor tiene su propio lenguaje, uno que no se llena con palabras ni explicaciones, sino con el simple hecho de acompañar. Y por eso, el dolor tiene definidas sus expresiones recurrentes. Porque aunque solo sea porque son previsibles, hacen las cosas más fáciles.

21

Salgo del metro de Callao y miro el reloj. Las 08.58. Debería poner rumbo a la oficina, pero la noche de ayer —si es que se le puede llamar noche a dormir tres horas y cuarto—, fue agotadora, así que me acerco a una cafetería a pedirme un sándwich mixto y un ColaCao para llevar. Mis mails pueden esperar. Además, Bea cada vez me ignora con más esmero y yo cada vez estoy más convencida de que tengo que desempolvar de borradores mi carta de renuncia. «Algún día. Pronto», pienso. Pero todavía no. Tengo pendiente coger vacaciones a mediados de septiembre y estoy procrastinando meticulosamente ciertas tareas para que toque hacerlas de manera irremediable justo la semana que no estoy. Esto no es muy solidario, pero mi nómina tampoco. Así que estamos en tablas.

Cruzo la Gran Vía y, sin darme cuenta, estoy casi corriendo. Todo el mundo va acelerado por la calle, da igual si tienes prisa o no. Es como si el ritmo frenético de la ciudad nos hubiera programado para movernos rápido incluso cuando no tenemos ni idea de adónde vamos. Señores con sus maletines que parecen recién salidos de una película sobre los mercados americanos, turistas arrepentidos por haber elegido Madrid como destino veraniego que multiplican su sudor por andar acelerados y yo, atrapada en medio de este caos coreografiado, intentando no desentonar de manera involuntaria. Los semáforos parpadean, los tiktokers buscan víctimas a las que humillar online con preguntas de cultura general por un par de miles de visitas y los taxistas aprietan con esmero el claxon ante cualquier VTC que invada en lo más mínimo su carril. Es curioso cómo en esta calle nadie tiene tiempo, pero todos lo desperdiciamos de la misma manera: chocamos hombros, cruzamos calles sin mirar y aceleramos de forma innecesaria nuestro ritmo cardiaco. La Gran Vía en su evolución representa el deterioro de la ciudad. Y acaso de la sociedad. Las primeras imágenes que tenemos de ella son de cine antiguo, los tranvías, unos pocos coches y gente que lleva cosas de un lado a otro. Después, lo que me contaba mi abuela: que era la calle de los teatros, los cines y los primeros restaurantes y marisquerías de Madrid. Tras ella, la calle de las compras. «Aquí, Galerías Preciados. Aquí, almacenes Arias. Allí, el Sepu..., pero ya solo sobrevive El Corte Inglés», me iba diciendo alguna vez que vine con ella. Hoy la Gran Vía es perfectamente prescindible para los que vivimos en Madrid. De hecho, si no trabajase por aquí, creo que llevaría años sin acercarme a ella.

Me paro en el portal de nuestra oficina y antes de subir, le mando un mensaje a Eli.

> Cuídate mucho hoy. Entro al curro, te llamo
> a la hora de la comida

Antes de que me dé tiempo a guardar el teléfono en el bolsillo, recibo respuesta.

Lo haré. Además, tengo tu tarta de queso.

Que de haberlo sabido, tía, le hubieras metido un buen pedazo de gorgonzola

Y me río. Porque sé que Eli está insondablemente rota. Pero también sé que el humor es su herramienta para sobreponerse al dolor y eso me hace admirarla de manera primorosa.

Subo en el ascensor y, por un momento, deseo que se quede parado. Me tienta la idea de una pausa obligatoria, de un instante de silencio en el que nadie me espere ni me exija nada. Luego me acuerdo de que la luz de este ascensor es horrorosa y pienso que quedarme encerrada con mi reflejo tan mal iluminado en el espejo durante más de tres minutos acabaría conmigo internada por dismorfia. Analizo mis ojeras, más oscuras que de costumbre; cuando suena el «ding», las puertas se abren y el mundo vuelve a reclamarme.

Entro en la oficina con paso firme y saludo a

mis compañeras. La bolsa de papel que llevo en la mano con el sándwich mixto que acabo de comprarme gotea un poco de aceite. Es jueves, pero mañana es festivo y gracias a la Asunción de la Virgen María todas nos quedaremos en casa, por lo que hoy el ambiente que se respira es casi de fin de semana.

Si lo pienso, me parece de un absurdo fascinante que en un país laico como España sigamos celebrando festivos por santos católicos. Quiero decir, todo el mundo está de acuerdo en perder días laborales, pero ¿hacerlo para honrar a mártires arcaicos? ¿No está ya un poco desfasado? Me indigna un poco la falta de imaginación. Podríamos tener festivos por motivos más universales: el día de tu cumpleaños, festivo. La última semana de los juegos olímpicos, festivo también. Y festivo incluso un día que nos inventemos para celebrar que todavía hay gente que usa el intermitente al conducir. Pero no, seguimos rindiendo homenaje a un calendario religioso impuesto por los de siempre para que tengan el día libre para visitar el Pardo o el Valle de los Caídos.

Mañana lo pasaré en horizontal, pero hoy toca trabajar. Pongo rumbo a mi mesa y veo sobre ella una amalgama de objetos. A medida que me acerco, los voy reconociendo: la cantimplora de agua que me regalaron en aquel evento de publicidad sostenible, mi taza del desayuno irregular y coja, ya que la hice yo misma en un taller de cerámica; mis tres libretas, mi estuche de bolígrafos y la alfombrilla del ratón con la frase *«arbeit macht frei»* que me regaló Vega en el amigo invisible la pasada navidad.

—¿Qué ha pasado? —pregunto al aire. Todas mis compañeras me miran con una mezcla de lástima y remordimiento, pero ninguna emite palabra.

Oigo la puerta del despacho de Bea abrirse y las cuatro patitas de Prada caminando por el pasillo. Cuando llega a mi mesa, me tiende la mano, suspira levemente y me pide que nos alejemos un poquito de las compañeras para poder hablar en privado.

—Lula, hoy es tu último día en Starsign. Lo siento, pero ya no te necesitamos.

¿Cómo? El aire que compartimos se vuelve turbulento y rabioso. Ella habla, pero yo no escucho. Mis pensamientos están centrifugando y tratan de buscar un poste en el que apoyarse para empezar a asimilar. A ver, no me jode dejar este curro de mierda, pero me revienta que me despida. Me repatea tragarme la humillación de no haber sido yo quien decidiera marcharse por su propio pie. Es patético. Me siento como cuando me dejó aquel imbécil al que me follaba casi por caridad. Si lo hubiera dejado yo, al menos podría sostener la poca dignidad que me queda. Pero no, ahí está Bea, con sus excusas corporativas de siempre, hablando de «ajustes necesarios para la empresa» mientras yo finjo que me creo sus palabras.

Si hay algo que he aprendido estos años, en los que he visto entrar y salir gente de Starsign a montones, es que por muy mal que hayas acabado en un trabajo hay que guardar las formas. El mundo de las agencias es diminuto, casi incestuoso. La endogamia del sector de la publicidad se reiría de la consanguinidad de los Borbones. Hoy te cruzas con alguien en la máquina de café y mañana ese mismo alguien tiene el poder de decidir si te dan un puesto de treinta y nueve mil al año. Así que aunque lo que más me apetece en este momento es soltar un discurso epopéyico sobre la precariedad laboral, la explotación, las horas extra no pagadas y el clasismo con el que se nos trata en esta oficina, me toca sonreír, agradecer la oportunidad y salir con la cabeza alta. No por Bea, claro, sino porque este círculo vicioso del que intento escapar tiene memoria, y si hay algo más importante que la primera impresión, es la última.

Meto todas mis cosas en una bolsa de rabia, digo de rafia, y me acerco a la puerta. Bea me acompaña. En el camino me enveneno un poquito más al caer en la cuenta de que la cabrona me está despidiendo el día antes de un festivo para no tener que pagármelo.

—Gracias por estos años, Lula —dice mientras me da un abrazo falso. Y yo aprovecho ese fingido acercamiento para susurrar unas palabras cerca de su oreja que casi se me escapan de la boca.

—Que te den por culo, Bea.

22

Treintañera y en paro. Suena como el título de una película mala, una versión del *Diario de Bridget Jones,* pero mucho más cutre. Una que pondrían como película a la hora de la siesta en una cadena local de Castilla la Mancha y que emitirían sin anuncios porque ningún patrocinador estaría dispuesto a invertir ni un euro en esa franja televisiva.

Treintañera y en paro. Y agotada. Me pesan los párpados, me duelen las cervicales y noto que está a punto de salirme un brote de dermatitis justo en la zona de la barbilla. No solo estoy agotada físicamente, sino también a nivel emocional. Creo que no sé quién soy, y eso me da miedo. Empiezo a comprender que, a medida que te haces adulta, te conviertes en algo mucho menos genuino. Los niños no tienen miedo a romper el molde; de hecho, estoy casi segura de que ni siquiera saben que este existe. Construyen, destruyen, reinventan y siguen adelante sin preocuparse por si lo que hacen encaja dentro de alguna expectativa. Pero cuando creces, empiezas a notar el peso de lo que se supone que debes ser. Ya no hay espontaneidad, solo cautela. Ya no existe la creatividad, solo el instinto de supervivencia.

Treintañera y en paro. Y precaria. Mi calcetín derecho tiene un tomate en el dedo gordo, no tengo ahorros y si extiendo los brazos en el centro de esta habitación a la que llamo hogar, casi puedo tocar las paredes con las yemas de los dedos. Tengo que mirar a qué hora poner la lavadora para que no se me dispare la factura de la luz y ruego por que nadie diga de pedir otra ronda de birras cuando quedamos a tomar algo la última semana del mes.

Siento que me encuentro en un limbo eterno donde todo llega tarde y mal, mientras intento aparentar que no pasa nada.

Treintañera y en paro. Y sin alguien a quien llorar mis penas. Guille ha aprovechado las vacaciones obligadas para visitar a sus tíos en Málaga, Vega está currando una media de doce horas al día en el montaje de la película mientras tiene el tobillo como una morcilla de Burgos y Eli lo último que necesita es que la llame para que sea ella quien me consuele mí.

Treintañera y en paro. Cada vez me suena más a nombre de novela. Una en la que la protagonista, en medio de una crisis existencial y un día antes de cumplir la treintena, pierde a su abuela. Y narra con infinitas y rebuscadas metáforas cómo es su vida precaria en Madrid. Y pasan los capítulos y no pasa nada. Ni un enamoramiento fugaz con el primo de su amiga, ni un asesinato sin resolver en el gimnasio, ni una traición imperdonable por parte de su mejor amigo. Nada. Porque la vida en realidad se parece un poco a la muerte en ese aspecto.

Aunque si yo escribiese una novela, me temo que tendría que publicar de inmediato una fe de erratas. Una especie de apéndice vivo que corrigiera todas mis inconsistencias. Me equivoco tanto y cambio de pensamiento con tanta frecuencia que cada capítulo sería un borrador entre lo que pensé ayer y lo que siento hoy. Además, mis pobres personajes se volverían locos. Vivirían atrapados en una trama que reescribo constantemente porque, claro, de golpe decido que lo estaban haciendo todo mal.

Sin este apéndice, me arrepentiría al instante de su publicación. Aunque si algo tengo claro es que mi libro sería un reflejo brutalmente honesto de mi propia mente: un lugar donde nada es definitivo y todo está sujeto a revisión.

Bajo todas las persianas de mi habitación, apago la luz y enciendo el ventilador de techo. Me tumbo en la cama y miro el móvil: solo son las siete de la tarde. Creo que necesitaré un Orfidal si quiero quedarme dormida hasta mañana.

Ya que tengo el teléfono en la mano, sigo un impulso soterrado dentro de mí y busco en mis contactos. Gael. Llamar. Da señal. Espero un tiempo prudencial mientras el pitido intermitente de la llamada retumba en mis oídos y acabo colgando. Por supuesto que no iba a contestar. Porque si esto fuera una novela autobiográfica, es imposible que tuviera un final feliz.

Además, para escribir un libro tendría que leer alguno y llevo desde que lo dejé con Mauro en un desesperante bloqueo lector. No tengo en casa ninguna obra que no haya leído y como treintañera en paro, no puedo permitirme gastarme mis ahorros en nuevas lecturas.

Aunque, si lo pienso, sé dónde conseguirlas.

23

Meto la llave en la cerradura y doy un par de vueltas. Está más dura de lo que recordaba. Cuando la puerta se abre, siento por un momento que mi cerebro hace el amago de arrepentirse. No sé si debería estar aquí. Su casa sin ella se siente como un teatro después de que la función haya terminado; todo está en su sitio, pero falta lo esencial: su presencia.

Esta casa es un homenaje involuntario a otra época, como si el tiempo hubiera decidido quedarse atrapado en sus paredes ocres y su gotelé imperfecto. Las paredes están un poco combadas y la ausencia es la principal presencia. Huele a humedad y a cenicero. Pienso en la cantidad de pisos como este que en los últimos años se están remodelando al morir sus dueños. Porque la gente ya no quiere tantas habitaciones. Porque si de un piso grande sacas dos, la rentabilidad es mucho mayor. Porque las familias cuando heredan, ya no piensan en a quién le hace más falta, todos saben que hay que vender y repartir. Las esquinas de las habitaciones parecen siempre más oscuras de lo que son en realidad, como si el sol también respetara la antigüedad del lugar. Los muebles son de madera barata y cristales opacos, el parqué se encuentra lleno de astillas y todas las estanterías están coronadas por figuritas de porcelana que nadie se atreve a tocar jamás. Una oca con sombrero, una campesina inexpresiva levantando los brazos con suavidad o una pareja de angelitos enamorados que llevan toda la eternidad intentando darse un beso han sido los únicos compañeros de piso de mi abuela desde que se quedó viuda. Y aunque esas figuritas no me pueden resultar más horteras, siento que han sido testigos de muchas escenas que me hubiera gustado presenciar, así que en el fondo les tengo un poco de envidia.

En la cocina el frigorífico emite un ruido molesto constante, como una de esas moscas que a las tres de la mañana no te dejan dormir, y la vajilla Duralex está intacta dentro de la vitrina. Duralex verde. Porque el ámbar era de colegio y hospital, decía ella. Los azulejos del fondo, de un color amarillo verdoso, podrían ser el escenario de cualquier secuencia de Almodóvar. «Cuántas croquetas hemos hecho juntas —pienso—. Cuántos filetes de pollo». Recuerdo un día que mi abuela se estaba quedando sin pan rallado para empanar las pechugas y decidió que machacar un par de galletas María sería una solución lo suficientemente eficaz. Ese día todos recalcaron lo bueno y especial que sabía el pollo.

—Has tenido que echar una especia nueva, mamá —dijo mi tía Encarna convencida.

—¿Comino? ¡No! ¡Nuez moscada! —trató de adivinar mi prima María.

—María, ese es mi secreto —le respondió a mi prima, y se lo creyó. Y me guiñó un ojo. Ahí entendí que a veces puedes evitar que te descubran simplemente diciendo la verdad.

La alfombra del salón tiene un estampado clásico granate y beige, y acumula tantos ácaros que solo de pisarla empieza a picarme la laringe. Enciendo la televisión, esa en la que mi abuela y yo veíamos el *Un, dos tres... responda otra vez*, y suena ese pequeño zumbido eléctrico ya extinguido en los plasmas. Solo las televisiones de tubo antiguas crean esa película de electricidad estática justo delante de la pantalla. Esa que cuando pasas la mano hace cosquillitas. Disfruto de esa caricia del pasado y tomo consciencia de lo que en realidad significa estar de pie sola en este lugar.

Nada en esta casa tiene prisa por adaptarse al presente y, para mí, su terquedad anacrónica es reconfortante. Me recuerda a ella.

Mi abuela siempre olía a jazmín. Escribía cartas que nunca enviaba y coleccionaba sellos no como a quien le interesan las estampillas, sino por llevar la cuenta de todas las misivas de amor y reproche que nunca cruzaron un buzón. Ponía el Belén en noviembre y lo quitaba en febrero. Odiaba el puré de espinacas, pero me lo hacía cada semana porque sabía que era mi plato favorito. Se cortaba, limaba y pintaba las uñas todos los viernes, y siempre elegía el mismo color rojo vino. Su bebida favorita era el Bitter Kas, tendía la colada por colores y jugábamos juntas a todos los juegos de cartas del mundo menos al póker. Siempre te contestaba con un «Si Dios quiere» cuando le dedicabas un «Hasta mañana». Nunca desayunaba, pero le encantaba verme desayunar. Amaba pasear por el campo y todos los veranos se escapaba unos días con sus hermanas a La Adrada. Siempre llevaba una postal de la Virgen en la cartera, era alérgica a la penicilina y se sabía de memoria los números de teléfono de todos sus hijos, sobrinos y nietos.

Entro en su cuarto y la cama está deshecha. Sobre ella, una falda con el bajo hilvanado que no cosido. Me apena pensar que sus manos nunca acabarán ese dobladillo. En su mesilla de noche, un cenicero lleno de colillas apagadas, una figura criselefantina de la Virgen María y el libro *Mujercitas* de Louisa May Alcott con un marcapáginas en la página 522 de 688. Nunca había pensado que, probablemente, un día todos dejemos un libro a medias. Supongo que no podemos morir sabiéndolo todo. Meto el ejemplar en el bolso porque es uno de esos clásicos que tengo pendientes y me dirijo a su estantería. Los tiene ordenados a la perfección, de menos a más gruesos. Me sorprende que no haya ni un hueco entre ellos. Me sobrecoge que todos mis tíos han pasado por aquí desde que murió y ninguno ha querido llevarse algo tan preciado como los libros con los que su madre, a los treinta y un años, aprendió a leer. En medio de los tomos me encuentro pequeños tesoros, como un billete de cien liras italianas de la única vez que salió de España o una receta de estofado de ternera escrita en su caligrafía perfecta en cursiva. Ya he revisado todos los títulos —y decidido que necesito volver aquí con una maleta para llevarme la mayoría de ellos— cuando entre *Don Quijote de la Mancha* y una edición preciosa de la Santa Biblia, encuentro un sobre. En él solo se lee «El futuro de la niña». ¿Otra carta, abuela? ¿De verdad?

Mi teoría de los sobres como elemento dramático perfecto vuelve a mi cabeza y pienso que si acabo escribiendo una novela de mi vida, indudablemente habrá por lo menos un par en ella.

No está cerrado, así que lo abro sin el dramatismo del primero. Dentro hay muchos papeles, algunos blancos y otros de color salmón, doblados por la mitad. Abro uno de ellos: «Elecciones locales 2023. Municipio de Madrid. Partido Popular». Abro otro: «Elecciones a cortes generales 2019. Diputados/as Madrid. Partido Popular». Y otro: «Elecciones a cortes generales 2016. Diputados/as Madrid. Partido Popular». Y así hasta contar más de una decena de papeletas.

Tardo un par de minutos en darme cuenta de lo que esto significa.

«El futuro de la niña» es en realidad una concesión que ella lleva haciéndome desde hace años. Ahora entiendo que ella paseaba desde casa un sobre vacío porque si a algo no quería renunciar, era a esa mañana de vermú juntas. No metía la papeleta en el sobre que iba a introducir en la urna porque el futuro debía ser el que yo quisiera, no el que ella creía mejor. Porque su futuro iba a ser mi presente. Puede parecer intrascendente, pero en este momento, a mí me parece que es el mayor acto de generosidad que nadie pueda tener con otra persona.

24

Cierro la mochila y compruebo el bolso. Lo llevo todo: cascos, cartera y móvil. Dinero en efectivo. Dos barritas energéticas y mi cantimplora de publicidad llena de agua. Un bocadillo de lomo con Philadelphia envuelto en papel albal y un plátano.

Voy hacia la puerta de casa, saco las llaves de la cerradura y cierro por fuera con cautela para no despertar a Sara a las ocho y media de la mañana el único festivo de agosto.

No me cruzo con nadie de camino a la calle Argumosa. Madrid está vacía y, por unos minutos, puedo fingir que toda la ciudad es solo para mí. En realidad, lo hago a menudo. Disfruto mucho de estos momentos de protagonismo y egolatría en los que te permites creerte en tu propio *Show de Truman* particular. Y si la vida girara en torno a mí, ¿qué? Quiero decir, al final todo el mundo actúa como si lo hiciera, ¿no? ¿Por qué no admitirlo? El tráfico que maldigo existe porque yo tengo que cruzar la calle. Las terrazas están llenas porque yo necesito encontrar una libre. Los ascensores siempre están en el piso equivocado porque, obviamente, el universo los envía lejos solo para ver cuánto tardo en llegar tarde. Los mensajes de «escribiendo...» en el chat no son dudas reales, son pausas dramáticas para que yo me pregunte qué van a contestarme.

—¡Perdona! —se disculpa un chaval con el que casi me choco al cruzar la esquina.

Vuelvo de mis pensamientos y me doy cuenta de que no estoy sola en esta ciudad. Y que para ese chavalillo que volvía de fiesta, yo soy la chica desconocida que casi se ha chocado con él por ir todavía borracho. Que su noche ha sido increíble, y que mañana tiene una cena romántica con su novia. Él es el protagonista, y yo, la figurante. Supongo que, en el fondo, no hay nada menos especial que sentirse especial.

Espero un par de minutos pegada a la calzada a que aparezca algún taxi mientras lucho contra la impaciencia que las aplicaciones de servicio rápido de vehículos nos han inculcado. Miro al suelo y veo una paloma descuartizada por completo, aplastada contra el asfalto. Aunque la imagen me apena por eso de que las palomas me despiertan compasión, una pequeña risa me nace del estómago pensando que el Espíritu Santo no aprueba la decisión que estoy a punto de tomar y ha preferido lanzarse bajo las ruedas de un camión que verme hacerlo. Antes de que pueda deleitarme en el pensamiento de que hoy una virgen menos va a ser inseminada, un taxi con una mujer de la edad de mi madre al volante aparece.

—A la estación de Méndez Álvaro, por favor.

—Vamos —dice ella—. ¿Vacaciones o trabajo?

—Vacaciones, creo.

Hay dos tipos de mujeres que conducen taxis. Las vocacionales: dueñas de su licencia, su taxi y su vida. Y luego están las que le echan tres horas al taxi del marido. Aunque la excusa es un sobresueldo la mayoría de las veces, lo hacen solo por salir de casa o por hablar con extraños... Si un buen machista se caracteriza por no dejar trabajar a su mujer, el taxista es la excepción que confirma la regla.

Es evidente que esta mujer es de las primeras. Eso se sabe porque el taxi huele bien, está limpio y lleva sintonizada una emisora de música. Las taxistas vocacionales siempre llevan emisoras en las que no se habla de fútbol.

—En realidad, no existen viajes de trabajo y viajes de placer. Viajar es un placer siempre. Y no lo digo porque sea taxista. Para mí, si conduce otro, siempre es placer.

¿Por placer? Es posiblemente la última de las razones por las que hago este viaje. De hecho, no estoy segura de que quiera hacerlo, pero sé que no hacerlo sería peor. Cuando encontré esas papeletas en el sobre, me dio un poco de pena pensar que mi abuela, que tanto había esperado por tener derecho a voto, había renunciado a él durante años por mí. Pero quiero pensar que para ella no era el voto lo que estaba en juego, sino la construcción de un mundo como yo lo quería. Ni mejor ni peor. Y si ella había sido capaz de hacer eso por mí, ¿cómo iba yo a dejar de cumplir su último deseo? Creo que nunca me lo hubiese perdonado a mí misma.

Llego a la estación sur de autobuses y busco en los carteles pistas que me indiquen la dársena con destino Toulouse. Voy a hacerlo. No sé si muy convencida, pero estoy segura de que voy a hacerlo. Visitaré Lourdes y no lo haré por la Virgen, ni por la fe, ni por Cristo. Voy a hacerlo por ella. Porque quizá a mi abuela lo que le hacía ilusión no era tanto visitar la basílica como irnos de viaje, ver una película con cascos compartidos en el autobús y comer cruasanes juntas.

Recorro el vestíbulo de la estación buscando la dársena trece cuando oigo una voz que me resulta familiar a mi espalda.

—¡Lula!

Me doy la vuelta, y ahí está Mila, la mejor amiga de mi abuela. Qué casualidad.

—Mila, ¿qué haces aquí? —digo mientras la abrazo.

—Hija, que me voy a Toulouse.

Una segunda casualidad.

—Bueno, en realidad me voy a Lourdes.

Esto ya no puede ser coincidencia.

—¿A Lourdes? —titubeo, mientras intento buscar en mi mente una explicación racional a esto.

—Sí. Bueno, te vas a reír. Era un viaje que iba a hacer con tu abuela. De hecho, estoy segura de que llegó a comprar los billetes, pero con todo el lío me pareció poco delicado pedíroslos. Pero bueno, este viaje lo voy a hacer por las dos. Que nos hacía mucha ilusión, sobre todo a ella.

—¿A ella? ¿Por qué?

—Pues fíjate, yo pensé que era por ti. Porque siempre he creído que Lula venía de Nuestra Señora de Lourdes. Pero un día hablando con ella, me dijo que no, que tú eras Lula a secas. Su Lulita. Y que tenías ese nombre tan especial porque eras su persona más especial. Lula..., ella te quería muchísimo. No hace falta que te lo diga.

—Y yo a ella, Mila.

—Bueno, ¿y tú adónde viajas?

Epílogo

Madrid, 27 de octubre

Ay, abuela, me siento absurda escribiendo esto como si lo fueras a leer.

Ojalá hubieras visto la cara que se me quedó cuando me encontré a Mila en la estación de Méndez Álvaro. Me sentí tan estúpida. Imaginé a los realizadores de mi vida haciendo un zoom sobre mi cara perpleja y boquiabierta. Qué absurdos somos a veces los humanos. Cuánto te hubieras reído. Quince días taladrándome a mí misma la cabeza con los malditos billetes, con la culpa y con esos sentimientos de decepción eterna, y todo, al final, para nada.

Aquel sobre nunca fue para mí. Ponía Lourdes porque era el destino de vuestro viaje. Si hubieseis planeado ir a Salamanca, ese hubiese sido el nombre escrito en él. Y tiene sentido. Yo nunca fui Lourdes. Tú jamás me llamaste así. Pero en esta era protagonizada por la egolatría tuve la necesidad de creerme protagonista. De estimarme importante.

He estado pensando mucho en ello y he encontrado, creo, la razón por la que no hesité en creer que esos billetes eran para mí: necesitaba agarrarme a algo para mantener abierta esa conversación entre nosotras y no aceptar que en realidad ya no estabas. El duelo hay mil maneras de vivirlo: está quien bloquea el llanto, quien deja el depósito de lágrimas vacío, quien se mete en sectas y quien hace promesas inconsistentes de convertirse en una persona mejor. Hay quien adopta un chihuahua maleducado, quien se corta el flequillo hortera, quien se va a la India de manera performática o quien, por no poder superarlo, se da de alta en un servicio de ouija online. Los hay que se vuelven creyentes y los hay que pierden toda fe. Y supongo que también hay un último epígrafe para las que nos aferramos a un clavo ardiendo con tal de creer presente lo que ya es pasado. Desde luego, no estamos para juzgar.

Hace dos meses que volví de Lourdes. Sí, abuela, fui. Claro que fui. Y sé que no era tu deseo que yo fuese, pero sé también que tú querrías haber ido, así que de alguna manera lo hice por ti. Me subí a ese autobús y, sentada al lado de Mila, puse rumbo al sur de Francia. Y debo decirte que ahora entiendo por qué era tu mejor amiga. Es una mujer divertidísima. Me encanta que, como tú, se sabe de memoria los números de teléfono de todas las personas a las que quiere. Me quedé embelesada con su manera de escribir: siempre despacio, como si sus letras se grabasen en piedra. Me fascinó que me contase que fue de las primeras mujeres de Madrid en divorciarse y coincidimos en *Thelma y Louise* como una de nuestras películas favoritas. Me habló, por cierto, de las aventuras en vuestro primer viaje a Lanzarote y sobre ese noviete que tuviste antes de casarte con el abuelo. Qué callado te lo tuviste siempre. Me dijo que eras una rompecorazones y que siempre te hacías la permanente, y ahora entiendo por qué aún hay gente en el barrio que te llamaba la Ricitos.

He pensado mucho en ti de joven. En cuánto me hubiera gustado conocerte y en lo amigas que hubiéramos sido. En que me hubiese encantado encontrarme contigo en el baño de una discoteca o haber coincidido en un taller de cerámica. En qué sueños tendrías, en si te rompieron el corazón y en esas cosas de las que quizá te arrepentiste. Y sobre todo, he estado pensando en por qué no te pregunté sobre ello.

Tengo una duda: en ese cielo en el que crees, ¿con qué edad te inmortalizas? ¿Te quedas para siempre con los años a los que mueres? ¿O puedes elegir la etapa de tu vida en la que fuiste más feliz para quedarte en ese cuerpo para siempre?

Espero que sea esto último y espero que hayas elegido bien. Que yo quiero echarme una bachata con la Ricitos y su cadera aún no maltratada por la artrosis.

Hace dos meses que volví, pero supongo que no te he escrito antes porque significaba cerrar esta misiva con un adiós para el que no sé si estoy preparada aún.

Sobre Lourdes... Abuela, la hubieras odiado. Es un Disneyland para cristianos. Venden velas blancas para la oración a diez euros la unidad y más que una basílica, tiene espíritu de tienda de souvenirs. Las figuras de la Virgen parecían compradas al por mayor en AliExpress. Te juro que sentí que en cualquier momento me encontraría en una boutique llamada «Santa Teresa de Jerséis» o en un «San Pancracio's Bakery» en el que comerme un *pain au chocolat*. Había colas para todo: para tocar el agua bendita, para comprar botellas con pegatinas de Jesucristo, hasta para rezar un avemaría. Todo con un impecable ruido marrón de fondo, de esos que se les pone a los niños para dormir. Creo que hubieras vuelto horrorizada.

Yo estoy bien. Muy bien, de hecho. Quizá esto que te voy a decir te decepcione, pero por supuesto que no he encontrado la fe en este viaje, ni la paz, ni la armonía absoluta. Tampoco he aprendido a meditar. No he conectado con mi mejor versión, no me ha cambiado la vida ni soy una nueva persona después de ello. Pero estoy muy bien. He tenido tiempo para pensar y eso, quizá, sea lo verdaderamente introspectivo de estos retiros. Pensar y reflexionar, teniendo en cuenta nuestro ritmo de vida hoy en día, diría que es bastante revolucionario.

Me llamó la tía y me dijo que el piso ya está apalabrado. Estoy barajando la idea de irme al campo con el dinero de la herencia, pero si te digo la verdad, me da pena no haberlo hablado contigo antes. Al fin y al cabo, es tu dinero. Me gustaría que hubiéramos hablado de este tema y saber que sea lo que sea que vaya a hacer, es algo que te parece bien. Es curioso cómo nos cuesta hablar de dinero, al igual que me asombra la manera en la que tememos hablar de la muerte. Tanto tabú, tanto falso mal augurio... Como si la muerte se fuese a dar más prisa en llegar solo por mencionarla.

No sé, me entristece que la conversación que se nos haya quedado pendiente sea precisamente esta.

Eli está mejor, va poquito a poco. Jose y ella han decidido casarse en mayo por lo civil con un par de testigos y me han pedido que sea una de ellas. A Vega hacía mucho tiempo que no la veía tan bien. Nos puso el otro día el primer montaje de su película y sentí que el pecho me iba a explotar de orgullo. Guille se ha enamorado y estoy conociendo de él una faceta cursi, edulcorada y tierna. La verdad, me encanta verle así.

También hay alguien nuevo de quien quiero hablarte. No sabes lo que me hubiera gustado que le conocieras. Abuela, estoy ilusionada. Al principio de conocerle, levanté un muro y puse un freno de mano. Fue a las semanas cuando me di cuenta de por qué: no concebía enamorarme de alguien que no te hubiera conocido. Era férreo el pensamiento de que, sin conocerte, nunca podría saberlo todo de mí. Una noche, en Lourdes, comenté esto con Mila y me dijo unas palabras que me abrieron en canal: «Lula, cariño. Cualquiera que te conozca a ti, está conociendo a tu abuela».

Solo han pasado un par de meses, pero muchas cosas han cambiado. Ahora tengo a alguien que me da cada día las buenas noches. Me pongo dos veces las canciones que hablan de amor cuando me salen en el aleatorio. Él sigue llamando «pizas» a las pizzas, yo ya no quiero aprender a hacer tortilla de patatas y desayunar juntos un ColaCao es nuestro plan favorito.

Ah, y Jo y Laurie no se casan. De hecho, Laurie se casa con Amy. Lo sé, un drama. Siento contártelo, pero no quería que te quedases toda la eternidad sin saber el final de *Mujercitas*.

Por cierto, abuela, la noche que pasé en Lourdes me cené un kebab. No me entraba ni un cruasán más. Siempre que como un kebab, al igual que cuando como gominolas, o nuggets, me repito a mí misma el siguiente mantra: «No pienses de qué está hecho y disfruta».

He aprendido que así es como se sobrevive al mundo que estamos creando: poniéndonos una venda en los ojos y queriendo volver lúdico lo sádico.

Adiós, abuela. Te echo mucho de menos.

Ya nos veremos. O no.

Yo, si te soy honesta, creo que no lo haremos.

Pero también, honestamente, te digo que nunca he tenido más ganas de equivocarme.

Agradecimientos

Dicen que escribir es un acto solitario. Yo discrepo. Nada que tenga que ver con lo artístico, a mi parecer, pertenece jamás a la soledad. El arte nace de uno mismo. Y si algo tengo claro, es que yo no existo sin todas las personas que me rodean.

El primer agradecimiento de este libro —y de todo, en realidad— es a mis padres.

En mi primer poemario agradecí que me dieseis siempre alas para volar, pero que me dejaseis que fuese yo quien aprendiese a usarlas. Aquí estoy, seis años después. Sigo volando. Gracias por celebrar cada uno de mis planeos y, sobre todo, por ser siempre el nido al que volver cuando necesito mirar la brújula.

Mamá, tu manera de querer es revolucionaria. Eres mi piedra angular, mi pilar más sólido. Te quiero mucho. Y yo más, siempre más.

Papá, este libro jamás hubiera sido posible sin ti. Yo, tampoco. Eres todo lo que aspiro a ser. Gracias por querer como lo haces y jamás tener miedo a demostrarlo. Te admiro profundamente.

A mi familia. A las mujeres que hay en ella. A Diana y a Ely. Y a mis abuelas, Carmina y Elisa, por supuesto. Este libro —y yo misma— son el resultado de todas las manos que me han cuidado. Y las suyas siempre han sido las más suaves y cálidas.

Gracias a mis amigas, por ser la red que lo sostiene todo. No sé quién fue la persona que dijo que no hay peor enemiga para una mujer que otra mujer, pero estoy segura de dos cosas: la primera, que era imbécil y la segunda, que era un hombre. No me lo explico de otra manera. No hay nada más importante para una mujer que sus amigas y yo cada día me siento agradecida de poderme referir a vosotras como tal. A Adriana, Carla, Eva, Cintia, Claudia, Marta. Y a tantas más. Gracias por ver belleza en mi vulnerabilidad. Gracias por no juzgar jamás.

A Paula, por, además de todo lo anterior, convertir la amistad en sangre. No entiendo, ni quiero, una vida sin ti.

Gracias a Iago, mi amor. Por creer en mí de manera tan absoluta. Gracias por mirarme con esa pureza en los ojos y, sobre todo, por enseñarme que el amor es siempre sencillo. Eres el ser humano más admirable que conozco y cada día me siento afortunada de que quieras compartir tu vida conmigo.

Gracias a Clara y al equipo de Ediciones B, por haber visto algo en esta historia y permitir que de esa chispa se hiciera este incendio.

Y gracias, por supuesto, a ti, que estás leyendo esto. Gracias por haber vivido en mis palabras. Gracias por visitar mi casa y por haberte quitado los zapatos al entrar. Te los devuelvo. Ojalá te hayas sentido a gusto. Y ya sabes, tienes llave, así que vuelve cuando quieras.